AI 智能版

青少年文学名著阅读系列

快乐读书吧

顾问　顾之川
（著名语文教育专家）

世界神话与传说故事

王　健／选编
张炎坤／译
马蕊琼／批注

商务印书馆国际有限公司
中国 · 北京

图书在版编目（CIP）数据

世界神话与传说故事 / 王健选编；张炎坤译；马蕊琼批注. -- 北京：商务印书馆国际有限公司, 2024.7（2024.8重印）. -- （青少年文学名著阅读系列）.
ISBN 978-7-5176-1101-1

Ⅰ. I17

中国国家版本馆CIP数据核字第2024ZP6448号

SHIJIE SHENHUA YU CHUANSHUO GUSHI

世界神话与传说故事

选　　编	王　健
译　　者	张炎坤
批　　注	马蕊琼
出版发行	商务印书馆国际有限公司
地　　址	北京市朝阳区吉庆里14号楼 佳汇国际中心A座12层
邮　　编	100020
电　　话	010-65592876（编校部） 010-65598498（市场营销部）
网　　址	www.cpi1993.com
印　　刷	河北星强印刷有限公司
开　　本	787mm×1092mm　1/16
字　　数	126千字
印　　张	10
版　　次	2024年8月第1版第2次印刷
书　　号	ISBN 978-7-5176-1101-1
定　　价	39.80元

阅读指导与规划

本书是王健编选的一部神话故事集，汇集了世界各地广为流传的代表性神话及传说，体现了各民族先民们对外部世界与自身奥秘的观察、思考和探索。借助下面的思维导图，快速把握整本书的主要内容。

本书还有一些富有趣味的阅读测评等着你来挑战。

阅读贵在坚持，一份激励自己的阅读计划也必不可少。请你按照下面的规划，跟随作者一起去探索神奇、瑰丽的神话世界吧！

阅读时间	阅读内容
3 ~ 5 天	从《吉尔伽美什》到《埃及王子复仇记》
3 ~ 5 天	从《面包树》到《吴刚伐桂》
3 ~ 5 天	从《富士山的传说》到《侍神乌鸦》
3 ~ 5 天	从《欧罗巴》到《洛基的恶作剧和打赌》
2 ~ 3 天	完成阅读测评和核心素养阅读任务，回顾自己喜欢的故事

前言

摆在广大读者朋友面前的这套“青少年文学名著阅读系列”丛书，包括一至九年级学生的必读图书，是由商务印书馆国际有限公司推出的。这套丛书努力贯彻《义务教育语文课程标准（2022年版）》的基本理念，紧密配合语文教材“快乐读书吧”和“整本书阅读”的推荐阅读书目进行设计，着眼于培养阅读兴趣，掌握阅读方法，养成阅读习惯，拓宽阅读视野，有助于提高学生的语文核心素养和关键能力，进而引导学生多读书、好读书、读好书、读整本书，因而是一套为中小学生量身定做的课外读物。

在我看来，这套丛书具有以下几个特点：

一是科技助力语文学习。丛书最大的亮点，是将最新的数字技术融入语文学习，借助AI智能助手，让数字人智能伴读，可以随时随地为学生答疑解惑。小学必读图书配备全本音频，扫一扫篇章上方的二维码即可收听。同时，还专门邀请小演员拍摄了课本剧。这样一来，阅读就不再是一种额外负担，而是学生学习生活的一部分，让他们感到亲切、有趣、自然，在课外阅读实践中启智增慧，增强阅读的情感熏陶和快乐体验。

二是精准满足读者需求。丛书依托富有教学经验的语文名师团队，精心设计，倾力打造，对从小学到初中的语文学习进行一体化设计、精准式引导。除一、二年级的必读图书外，对阅读文本随文批注，进行精读、精批、精析，同时基于语文学习任务群要求，解读全书，精准指导阅读整本书，深入浅出，洞幽烛微，阐释翔实，切中肯綮。针对中小学生学习需求，小学低年段运用音频，帮助学生识字、掌握字词，然后逐步加深；小学高年段（亦有音频）和初中段配备优秀教师录制的视频课，解决阅读中的疑难问题。选取经典篇目改编为剧本，制作成课本剧，寓教于乐。初中学段还注意萃取相关知识点和能力点，贴近中考命题实际，提供配套资源，增加了丛书的针对性、科学性和实用性。

三是呈现方式新颖活泼。丛书针对中小学生年龄和心理实际，不仅设计了阅读规划、思维导图、活动插页、阅读心得、阅读测评、学习任务群等，还有效运用音频、视频、课本剧等形式。比如，小学必读图书在篇章之间穿插符合本学段学习目标的趣味性阅读活动插页，如“情节七色花”“拼音变魔术”“组字游戏”“量词选一选”等，以游戏化的活动考查，加深对已读章节或篇目在拼音、词汇等方面的理解掌握。这无疑能够充分调动学生的阅读兴趣和参与积极性，在阅读、思考、写作、口语交际等语文实践中，提高相应的能力。

语文是中小学的一门重要课程，通过学习国家通用语言文字，学生可以汲取前人经验智慧，积累知识，增加学识，增长见识，腹有诗书气自华，从而充实内心，让自己变得聪明和强大。语文教学说复杂也复杂，说简单也简单。学好语文，离不开多读书、勤思考、勤练笔、多实践。

尽管新课标提出许多新名词、新理念、新方法，像什么大概念、大单元、大情景，还有什么跨学科学习等，令人眼花缭乱，应接不暇，但在我看来，语文教学无非就是三件事：识字、读书和作文，只要能把这几件事真正做好、落实，也就抓住了根本和关键。在不同学段当然有不同的侧重点。

小学语文首先要从识字抓起，包括认准字形、读准字音、正确书写、掌握字词义，并能灵活运用。学生认识了一定数量的字，必定会自己找书来读，这就自然过渡到阅读。读了书，就会有所思所感，需要合适的宣泄和表达的出口，要么说出来，要么写下来，这就又自然过渡到口语交际和文字写作。不管是口语交际还是文字写作，都是为了表达和交流。只有表达清楚明白，才能达到交流目的。所以小学要做到：字要清清楚楚地写，话要明明白白地说，书（特别是课文）要仔仔细细地读，作业（包括作文）要认认真真地完成。我们特别要注意激发学生的联想力、想象力和创造力。

到了初中阶段，识字已经不再是主要任务，语文教学就要想方设法帮助学生在阅读鉴赏、表达交流、梳理探究上拓展，引导他们读好“三本书”，既要读“有字之书”，也要读“无字之书”和“心灵之书”；写好“两篇文”，即“规矩文”和“放胆文”；养成四个好习惯，即勤于阅读、乐于表达、深入思考和自主学习。

到了高中阶段，就要有意识地培养六大关键能力，即阅读理解、信息处理、应用写作、语言表达、独立思考和综合运用的能力，进一步拓展阅读的宽度、表达的厚度以及思维的深度和广度。需要特别指出的是，在这六大关键能力中，独立思考和综合运用能力尤其重要，它们不仅是学生将来继续深造所需的基本能力，也是他们日后能否创新创造的重要基础。培养独立思考能力，不能靠被动接受理解和记诵式学习，必须具有逻辑思维、批判性思维和辩证思维等高阶思维能力，能够对成说定论质疑探究，对新说多方求证辨析，思考评价也要更加客观理性，不人云亦云，也不剑走偏锋。其中，辩证思维有助于在联系和发展中把握对象，在对立统一中认识事物，全面立体多角度思考问题。综合运用能力，不仅指对语文知识的运用能力、阅读材料的分析能力、语言文字的表达能力等语文综合素养的运用，还体现在语文运用是知识、能力、素养的综合，必须将语文听说读写与社会实践相结合，学用一致，知行合一。不仅要“风声雨声读书声，声声入耳”，还要“家事国事天下事，事事关心”。

这套丛书贴近时代、社会和学生学习实际，贴近学习探索问题情境，并提供了不少具体案例，为学生创造了综合运用的机会，有助于他们在交流中展现才华，在讨论中分享智慧，在争辩中接近真理。我相信，一线教师定能从中受到启发，改进课堂教学，提高教学效率和质量。学生也定能从中对照检查，查缺补漏，进一步夯实语文基础，提高语文核心素养和关键能力。

顾之川

2024年5月8日于两不厌居

人物简传

阿拉丁

阿拉伯民间故事中的人物

典型事迹

阿拉丁的父亲去世很早，他从小跟母亲相依为命，生活很苦。一天，阿拉丁遇到了一个法师。在法师的指引下，阿拉丁在山洞中发现了无所不能的神灯。在灯神的帮助下，阿拉丁有了一个城堡，还娶到了美丽的公主。不过，法师又从公主手中骗走了神灯，并利用灯神的力量，把公主和城堡挪到非洲。阿拉丁借助戒指神的神力到达非洲，寻到公主，并用计取回神灯，从此和公主过上了幸福快乐的日子。

人物简传

伏羲

中国神话传说中的人文始祖

典型事迹

传说人类诞生之初，不知如何种庄稼，吃饭成了问题。伏羲整天想办法。一天，伏羲偶然从河中抓到一条鲤鱼，发现鱼可供人食用，便决定把抓鱼的技能传授给人类。很快，人类就学会了抓鱼。面对龙王不准捕鱼的要求，伏羲据理力争。为了解决徒手难以捕鱼的问题，伏羲受蜘蛛结网捕食的启发，发明了渔网，并且教会人类编织渔网打鱼。

目 录

精读精析

中国神话

日本神话

印第安神话

希腊神话

精读精析

苏美尔神话

吉尔伽美什

扫码获取音频

引言

吉尔伽美什是苏美尔神话传说中的英雄，他拥有最宝贵的友谊，然而，他却眼睁睁看着死亡之神夺走挚友的生命。无法言表的创伤让吉尔伽美什踏上了寻找永恒生命的旅程，他的勇敢和执着是否能让他找到让人类永生的办法呢？

半神者与半兽者

遥远的乌鲁克曾经拥有过绝代双雄，他们一个是半神，一个是半兽。

半神者是吉尔伽美什。他身材魁伟，容貌非凡，威猛过人，睿智天成，三分之二是神，三分之一是人。乌鲁克为他而建，太阳神沙玛什是他光芒万丈的守护者。

人物剖析

从对吉尔伽美什身份和外貌的描写中，足以见得人们对他的赞美。

半兽者是恩基杜。他曾经蓬头垢面，风餐露宿，与野兽为伍。他仿佛是安努的武士，又仿佛是一块从天而降的石头。他与吉尔伽美什并肩作战，共创丰功伟绩。这对挚友的故事，一直是吟游诗人们最钟爱的题材。

神创造吉尔伽美什，令他高出众人，与神相似，好派遣他去治理乌鲁克。可惜，吉尔伽美什虽然智勇过人，血液里却奔流着残暴。他在位期间暴戾恣睢[1]，横行无忌，给百姓带来了很大的痛苦。百姓常常在幽暗的斗室中哀伤不已，抱怨国君不给父亲们留下儿子，也不给母亲们留下女儿。

有一次，吉尔伽美什想修缮城墙。他的这一想法将加重国民的劳役，因此导致乌鲁克人民怨气冲天，把神都给惊动了。

众神不堪忍受老百姓的抱怨，接二连三地跑去找创造出吉尔伽美什的女神阿鲁鲁，要她解决这件事。阿鲁鲁也意识到了这个问题，她知道自己造出了一名强悍的领袖，却没有造出一位仁慈的国君。为了补救，她决意再造一个与吉尔伽美什相仿的英雄，遏制肆意妄为的吉尔伽美什。

于是，恩基杜就出现在了这个世界上。

起初，恩基杜三分像人，七分像兽，浑身长着长长的毛，有女人的长发那样长。至于他脑袋

词句赏析

“蓬头垢面”形容头发很乱，脸上很脏的样子；“风餐露宿”形容旅途或野外生活的艰苦。这两个词语呈现了恩基杜的生活状态。

情节解析

这是个承上启下的过渡句，引出了吉尔伽美什的性格中也有残暴的一面，推动故事情节的发展。

① 暴戾恣睢（bào lì zì suī）：残暴凶狠，任意胡为。

上的头发，更是茂密得像谷堆似的。他不知晓人事，只与野兽相伴，出没在水渊附近。

恩基杜的出现给猎人带来了很大困扰，因为他不遗余力地保护着野兽，总跟猎人们捣蛋，不是填了他们挖的陷阱，就是拔了他们设的机关，害得猎人们忙活半天却什么也捉不到。猎人们拿恩基杜没辙，只好选派一个口齿伶俐的小伙子，把这奇事上禀了吉尔伽美什。

吉尔伽美什听了猎人代表的诉说，颇为惊奇，决心设法把恩基杜诱到乌鲁克，亲眼看看那个异人。于是，他召来使女沙姆哈特，命她驯服那野性的半兽人。

沙姆哈特受命前往，随着猎人到达了草原的水滨，藏身在草丛中。黎明时分，恩基杜与群兽来饮水了。猎人认出了他，把他指给沙姆哈特看。沙姆哈特拨开草丛，走向了恩基杜。恩基杜完全被沙姆哈特的风情迷住了。

七日后，沙姆哈特驯服了恩基杜。从此，野兽远离了恩基杜，不愿再与他亲近。他把脸转向鹿，鹿就飞奔而去；他把脸转向羚羊，羚羊就飞奔而去……它们都头也不回地消失在茫茫草甸中，恩基杜再也不是它们亲密的伙伴了。

恩基杜不再像从前那样奔跑，而是开始沉思，由于对自己的前途感到迷茫，他只能信赖沙姆哈特，听凭她的引导。沙姆哈特说的每一句话

人物剖析

恩基杜不遗余力地保护野兽的态度，其实也与吉尔伽美什此前加重国民劳役的态度进行了对比。这说明恩基杜是一个有仁慈之心的半兽者。

情节解析

野兽远离，不愿再亲近恩基杜。这说明沙姆哈特的驯服已初见成效，也为恩基杜从野蛮最终走向文明作了铺垫。

都是重要的，都是明灯，他必须仰仗她言语的光芒吃力地摸索自己命运的方向。

“你很英俊，恩基杜，你像一个神。”沙姆哈特说，“然而，你并不知晓生活，为什么要与野兽为伍，在草原游荡呢？不如与我结伴去乌鲁克吧。”

沙姆哈特温柔地向恩基杜描述宝石般的乌鲁克：那里的子民朝拜大神安努，且深得众神的宠爱，那里的殿宇金碧辉煌……那里的每一天都是节日，正是学习怎么生活的好地方，而国君吉尔伽美什更是八方朝拜的大英雄。“恩基杜，他就像你一样，既俊美，又雄壮。”

恩基杜似乎被最后一句话打动了，他欣然说道：“这听上去不错。我可以向他挑战，打败他，然后向整个乌鲁克宣告：‘谁生于草原，谁就力大无穷。’”

沙姆哈特笑了，她告诉恩基杜，吉尔伽美什曾经两度梦见过他——第一次，那位君王梦见有星辰自九天飞降，正落在自己的身边。他一看到那陨落的星星，就像看到命中注定的妻子般生出难舍难分的感觉。于是，他拾起了它，带到母亲宁苏恩的脚下，并眼见它变成了和自己一样的男子。这时，乌鲁克倾城出动，人们都蜂拥到那个男子的脚下顶礼膜拜……第二次，那位君王又梦见自己拾到一把被人遗弃的斧子，接下来发生的事情则完全一样。吉尔伽美什恳求母亲释梦，得

词句赏析

“金碧辉煌”形容建筑物等异常华丽，光彩夺目。用在此处意在赞美乌鲁克是个好地方。

情节解析

神话中的梦境通常气魄宏大，充满神奇的想象。“陨落的星星”和“被人遗弃的斧子”，都预示着恩基杜即将出现在吉尔伽美什的身边，为下文作了铺垫。

知将会有一条好汉降生在草原上，成为自己最强悍、最忠实的密友。

“那条好汉就是你——恩基杜。”沙姆哈特说。

恩基杜动心了，他撕了条粗布往身上一裹，随着沙姆哈特离开了草原。途中他们停下来歇息，牧人们见了恩基杜便把他团团围住，说他长得像吉尔伽美什，只不过个头略矮，骨骼更粗壮。他们端出酒食要招待他，一开始恩基杜还不知道该怎么吃那些东西，在沙姆哈特的指导下，他享受到了人类世界的美味。吃饱喝足后，恩基杜去除了身上的毛发，换上洁净的衣裳。等到夜幕降临，他俨然是个真正的人了，不再以野兽的同伴自居，而成了猎人的守护者。

成长为人的恩基杜继续在大地上行走，许多年以后，乌鲁克终于出现在了地平线上。当恩基杜跟随沙姆哈特进入乌鲁克时，他发现人人忙碌，男女老少都为国君的一句话承担着沉重的劳役，只有吉尔伽美什过着神仙般的日子。恩基杜对此愤愤不平，他决意要给那个自以为是的家伙一点儿颜色看看。于是，他当街发表了挑战吉尔伽美什的宣言。

这一下，乌鲁克轰动了，国都的民众都向恩基杜拥来，争先恐后地亲吻他的足背，喜滋滋地宣扬：“英雄来了！吉尔伽美什有了神一般的对手！”

情节解析

恩基杜此时身份的转变，与前文他“摸索自己命运的方向”相呼应。

我的批注

词句赏析

“势均力敌”的意思是双方势力相等，不分高低。由此可见，恩基杜具备遏制吉尔伽美什的实力。

当晚，试图进入屋子的吉尔伽美什就在门口被恩基杜拦截住了，两个人便打了起来。他们撞坏门柱和高墙，把房子拆成了一块块的砖头，整个乌鲁克都剧烈地颤抖起来，仿佛发生了一场十二级的大地震。可是两个男人势均力敌，谁也没能打败谁。

这时，两个人不由得生出惺惺相惜之意，吉尔伽美什怒气渐消，恩基杜趁此劝道：“你

的母亲生育了你，众神恩宠于你，他们使你高高在上，并不是让你为所欲为的，而是要你牧养黎民，统御八方。”

这话对吉尔伽美什来说如同醍醐灌顶，他不胜惊异地凝视着恩基杜，眼中渐渐亮起奇异的光芒，傲慢的他忽然领悟到眼前这个蓬头垢面的粗野男人对自己将有多么重要。他一跃而起，拉着恩基杜的手飞奔到母亲宁苏恩面前。

“请您为他祝福。”吉尔伽美什指着恩基杜对母亲说，“因为他将成为我的兄弟。”

宁苏恩又惊又喜，连连打量着手足无措地站在一边的恩基杜，只听儿子继续说道：“他为我的过错沉痛惋惜，以力量开导我，从我肩上解除了沉重的罪愆……虽然他没有父亲，没有朋友，贫困潦倒，但谁也比不上他。”

恩基杜听到这番话感动极了，泪水模糊了他的眼睛。他拉住吉尔伽美什伸出来的手臂，与他紧紧地拥抱在一起，他们像亲兄弟一样手挽着手并肩而坐，从此肝胆相照。

情节解析

照应前文，交代了恩基杜挑战吉尔伽美什的原因，是众神希望吉尔伽美什要做一个仁慈的国君，不要肆意妄为。

词句赏析

“肝胆相照”是指以真心相见。这里的用意是说明恩基杜与吉尔伽美什从此坦诚相待，建立起真挚的友谊。

远征雪松之林

我举起手臂，我砍伐雪松。

永恒的名字，我为自己创造！

一场远征从一声叹息开始。在乌鲁克过着养尊处优生活的恩基杜，有一日忽然无缘无故地叹息。吉尔伽美什问他为什么忧愁，他回答说，这个城市太窄小了，他身体中的力量不断被消磨，感到时光白白抛掷，他就情不自禁地悲从中来……这番黯然神伤的话激起了吉尔伽美什建功立业的雄心，他立刻想到了“雪松之林”。

词句赏析

“养尊处优”说明恩基杜现在的生活很优渥，没有忧愁；“情不自禁”说明他的血液里还蕴含着战斗精神；“黯然神伤”说明他对当前的安稳生活感到遗憾，他还有更高的追求。这三个词语依次出现，增强了表达效果。

雪松之林在黎巴嫩的群山上，那里是太阳沉入海涛的地方，高大的树木遮断天空，里面栖居着魔怪胡姆巴巴——那妖魔生得丑陋，脾气又坏，霸占着成片上好的木料不让人类开采，是邪恶的象征。考虑到乌鲁克最近木材短缺，吉尔伽美什便提议去征讨胡姆巴巴。

恩基杜没想到自己的一时伤感竟会生出这么大的事来，不由得慌了手脚，连忙劝吉尔伽美什冷静：“千万不可以鲁莽！我在野外游荡的时候曾去过那里，胡姆巴巴十分可怕，它嘴里喷出熊熊的烈火，吼声能引起龙卷风，气息会置人于死地，我们断然不是它的对手。”

人物剖析

此处是对魔怪胡姆巴巴的侧面描写，极具画面感。借恩基杜之口，凸显魔怪胡姆巴巴的强大，仅仅是通过口鼻发出的东西，都已经让人感到它的恐怖。

恩基杜并非危言耸听，胡姆巴巴确实是世上最恐怖的魔怪之一。据说它有无数只手、无数只脚，愤怒时就像狂风暴雨下的洪水暴发，倘若它张开血盆大口，连天宇也会摇摇欲坠，而这所有的力量都是神赐给它的，是神要它守护神圣的雪松之林。

然而，吉尔伽美什是个固执的人，他一旦下了决心，七头公牛也拉不回头。他扶着恩基杜的肩膀沉声说道："朋友啊，在这世界上谁能上达天宇，与太阳共存不朽？我们不能。我们是人不是神，岁月屈指可数。你回头看看，有多少人的一生都只如轻风掠过不留痕迹？你如今畏惧死亡，可那支撑着你生命的勇敢又在哪里呢？你应当追随我，激励我，与我一同开创事业。即使我不幸失败，你也可以向子孙宣扬我的功绩。来吧，朋友，别再说那些叫我心冷的话了，我们要趁着短暂的生命为自己创造永恒的名字！"恩基杜被这个强悍的朋友说服了。

人物剖析

吉尔伽美什的这番宣告，可以让人体会到他作为一位优秀首领的英勇无畏的气魄，也侧面体现了古代人民征服自然的勇气和信念。

吉尔伽美什召来能工巧匠，打造了一把巨斧，一把长刀，准备与恩基杜一起出发。兵器造成那天，乌鲁克的百姓齐聚在广场上，吉尔伽美什大声宣布了他的征讨计划并向国民告别，这一下那帮长老们可吓坏了。

"别开玩笑了，陛下。"长老们说，"您压根不知道您在做什么呢，您还太年轻。"

随后他们把胡姆巴巴的恐怖浓墨重彩地渲染了一通。然而，他们的话是方的，吉尔伽美什的耳朵却是圆的，一个词也塞不进他的耳朵。这位英勇善战的国君向众人坦白自己也畏惧胡姆巴巴，但恰恰是这种畏惧促使着他去征讨魔头，最终战胜自我。这一刻，耀眼的光辉从吉尔伽美什

词句赏析

"浓墨重彩"是指绘画或描述着墨多；"渲染"比喻夸大地形容。由这两个词语可见长老们对魔怪胡姆巴巴的恐惧，同时暗示了出征的艰险。

的面容上透出来，他大声宣告："吉尔伽美什将会名震天下，流芳百世！"

长老们知道多说无益，只得虔诚地为他和恩基杜祝福了一通，他们呼唤伊什塔尔的神名，呼唤沙玛什的神名，呼唤各路神明的神名，祈求天下神明都保佑乌鲁克的英雄逢凶化吉，毫发无损地回到故乡来。然而，不吉利的阴影仍然笼罩在众人心头。因为吉尔伽美什曾就此事向太阳神沙玛什求卜，而沙玛什给出的答案却十分模糊。吉尔伽美什要走的路是他从未走过的，也是其他人连想都没想过的路。人们忧心忡忡地望着两位豪杰背上弓，装满箭，拿起巨斧，腰悬着长刀上马远去，把飞扬的尘土弃在身后。

英雄的第一站是宁苏恩的神殿，为了确定后面的行程，他们首先拜访了那位睿智的母亲，告知她，他们将投身前所未有的战斗。宁苏恩听罢，心中十分矛盾——为什么要让吉尔伽美什成为她的儿子，又要在他的胸中放入一颗不肯安定的心呢？她为他操心，然而，此时能做的唯有祝福。

宁苏恩沐浴更衣，向上苍焚香祷拜，她请求太阳在白天守护吉尔伽美什，星辰在夜晚守护吉尔伽美什，不要让她的儿子有任何闪失。祈祷完毕，她唤来恩基杜，赐给他吉祥的护身符。恩基杜也立誓将追随吉尔伽美什到底，无论是一天、

人物剖析

吉尔伽美什的大声宣告，显示了强烈的战斗欲望，也展现出他战胜魔怪胡姆巴巴的信心和决心。

人物剖析

宁苏恩的心理描写，真实生动。当儿子（一个英雄的首领）决心去以身犯险时，即使是睿智的她，也会感到矛盾。这是源于母亲对儿子的爱。

一个月，还是一年，乃至整整一生……

漫长而崎岖的征途在两位英雄面前铺展开来。

他们行经山川与荒漠，一路上都不忘掘井取水，以水向沙玛什献祭，而沙玛什也一直保护着他们。

一天晚上，吉尔伽美什做了一个梦。他梦见自己站在悬崖下，像蚊虫一样渺小，突然间那山就崩塌了，把他压在底下，随即他便惊醒过来。

突然惊醒，而且伴随着身体的颤抖，吉尔伽美什怀疑是神悄悄地走过，把梦恩赐给自己。于是，他向恩基杜求解。恩基杜虽然先前曾劝吉尔伽美什放弃，可是，一旦起程，就义无反顾。他改了口风，以鼓励为主，解释说那巨大的山崖便是胡姆巴巴。他们不必害怕它，而应当努力地战胜它，把它踩在脚底。

人物剖析

吉尔伽美什在梦中惊醒，暗示了他的内心仍存有对未知的恐惧。这时就体现出恩基杜的作用，也是恩基杜身上勇敢“兽性”的呈现：认准目标，坚持到底。

随后的几个夜里，吉尔伽美什接连不断地做梦，有时他梦见自己捉住了草原上的野牛，那牛的吼叫令大地开裂；有时他又梦见世界崩溃，巨灵在漫天的大火中降临地面……然而无论他做什么梦，恩基杜总是从正面进行解读，给予积极的激励。

通往雪松之林的道路就在这梦境与现实的交错中慢慢缩短，直至为零。转眼间，他们已经站在了黎巴嫩的山脚下。

大山巍巍，尽管静穆不动，却在无形中散发出迫人的气势。魔怪的吼声从深处传来，有一阵没一阵的，恩基杜的脸霎时白了，他对吉尔伽美什说自己手臂发麻，腿发软。

吉尔伽美什握住恩基杜的手说：“振作一点儿，朋友，我们千里迢迢来到这里，难道要在入口前打退堂鼓不成？好男儿当舍生忘死直取胜利！别怕，我会与你共同进退，我们的英名将流传世间！”

勇气从吉尔伽美什温热的手掌中传递过来，仿佛给了恩基杜无限的力量，他定下神来，与吉尔伽美什携手进入了森林。胡姆巴巴的领土显然还是一片处女地，这里雪松参天，荆棘遍地，密林深不可测。吉尔伽美什与恩基杜在不利的地理条件下险些迷路，可一想到他们是并肩作战的两个人，而那魔怪却势单力孤时，他们又信心倍增。如乌鲁克古老的警句所言：一个人无法攀登峭壁，两个人却可安抵山巅。吉尔伽美什与恩基杜大胆地举起了兵器。

当锋利的兵器砍在雪松的腰上，令它痛楚地呻吟时，一个炸雷般的声音从半空中劈落下来：“谁在此乱砍滥伐！谁胆敢亵渎树木的家！”

巨大的魔怪胡姆巴巴轰然而降，它愤怒地瞪着两名手持兵器的不速之客，眼中射出死亡的光芒。吉尔伽美什和恩基杜被它吓住了，当场僵

人物剖析

面对现实的威胁，恩基杜的惊慌表现与吉尔伽美什的冷静鼓励形成鲜明的对比，衬托出吉尔伽美什的勇敢无畏。

词句赏析

“雪松参天”是写松林非常高；“荆棘遍地”是写地面上的障碍极多；“深不可测”是写密林极为深远。这里从三个方面来描写雪松之林，渲染了一种未知的恐怖感。

住，不知所措。这时，沙玛什的声音传入了他们的耳中："冲上去！别怕它！"这声呐喊使两个男人猛然回过神来，他们立刻恢复了英雄本色，各执兵器冲上前去，与胡姆巴巴斗成一团。同时，沙玛什也在云端不遗余力地协助他们，他舞起恶风、飓风、冷风、沙风、热风和龙卷风，把胡姆巴巴围困得进退不得。这场厮杀导致日月无光、天地昏暗，所有的语言文字都无法形容浴血奋战的惊心动魄。经过艰苦惨烈的殊死搏斗，吉尔伽美什与恩基杜终于打得胡姆巴巴败下阵来。

那魔头这会儿瘫软在地上，好像一团烂泥，全无当初的气势。它哀哀戚戚地向英雄讨饶，表示甘愿做他们的奴仆，为他们守山伐木，帮他们建设乌鲁克城邦。吉尔伽美什不觉有几分心软，把目光投向恩基杜，想听听他的想法。恩基杜却冷冷地说："吉尔伽美什，你不可以被魔怪的奸计所骗。"

吉尔伽美什心中一震，醒悟过来，与恩基杜联手铲除了胡姆巴巴。随着胡姆巴巴的消失，漫山遍野的雪松都发出了呻吟。此后，黎巴嫩山中的雪松便被源源不断地运往幼发拉底河畔。

英雄与神相抗

吉尔伽美什自黎巴嫩远征归来，沐浴熏香，

情节解析

吉尔伽美什与恩基杜本来都是英雄，可是刚跟胡姆巴巴一照面，两人居然不知所措。而沙玛什的呐喊就像进攻的号角，让他们克服恐惧，勇往直前。这一情节的突转，扣人心弦，增强了故事的戏剧性和可读性。

人物剖析

面对胡姆巴巴的求饶，吉尔伽美什动了恻隐之心，而恩基杜以其"兽性"中躲避危险的本能反应，帮助吉尔伽美什下定铲除胡姆巴巴的决心。

修剪了长发，换上洁净的衣裳，戴上高贵的皇冠，整个人看上去焕然一新。主宰战争与情爱的女神伊什塔尔在天上窥见了他雄姿英发的模样，爱慕不已，便下凡来向他告白。

词句赏析

“焕然一新”形容出现了崭新的面貌。用在这里说明吉尔伽美什经过战争的洗礼，在梳洗打扮后，其精神面貌发生很大改变，比之前更有魅力。

“做我的丈夫吧，吉尔伽美什！”伊什塔尔开门见山地说道，“你何不为自己造一辆金车呢？驾上矫健的暴风，穿过馥郁的雪松，到我的居所来呀！让门槛和王座亲吻你的身体，让山峦和平原都向你奉献自己。在你统辖的地域中，万物都会发了疯一样繁殖不休，百畜兴旺。来做我的丈夫吧，好处多着呢！”

伊什塔尔对自己的魅力深信不疑，谁不知道女神美丽多情，法力强大！被她青睐简直是天大的荣幸！因此，当她含情脉脉地注视着吉尔伽美什的时候，她万万料不到自己会被拒绝。

这个吉尔伽美什，非但不为所动，还把女神狠狠嘲弄了一番：“后门漏风的屋子不能住，夹脚的靴子不可穿。伊什塔尔大人，我实在不敢接受您的爱意啊！您就像一个火盆，烧得旺，熄灭得也快。您的桃花遍布天下，可是哪一朵能长久留在您的鬓间？而您的爱又那么特别——您爱过塔穆斯，却将他推下冥府；您爱过一只小鸟，却折断了它的翅膀；您爱过一头雄狮，却为它掘了七七四十九个陷阱；您爱过一匹公马，却用鞭子和笼头对待它，令它的母亲痛哭流涕；您爱过一

词句赏析

运用排比的修辞手法，连用六个相同句式，突出了伊什塔尔的多情善变与恶毒狠辣。

个牧羊人，却把他变成了狼，命他的狗咬他；您爱过一个园丁，却把他变成了蜘蛛，逼他终日劳碌，永远不能摆脱蛛网落到地面……如今您又说爱我，我可真是受宠若惊。女神的爱情我终究消受不起。可敬的伊什塔尔，您如果想要酒食、衣裳，或者护肤用品，您尽管开口；您的家居我免费装潢；您的仓库我保证堆满粮食。至于爱不爱的，还是算了吧。”

伊什塔尔求爱不成，反遭奚落，立刻就翻了脸，冲到父亲安努面前告吉尔伽美什的御状，要安努好好惩罚一下那个傲慢的君王。

“那么，你要怎么样？”安努问她。

“为我造一头公牛，让它消灭吉尔伽美什。”伊什塔尔说。

安努还在犹豫不决，伊什塔尔咬牙切齿地叫道：“他羞辱我，就该得到这种报应！如果不给我公牛，我就打开地府的大门，让死人到地面上吞噬活人！”

安努拿这个刁蛮的女儿实在没办法，只好满足了她的心愿。

于是，当乌鲁克城内的百姓正过着太平日子时，一头巨大的公牛突然从天上砸了下来。它摇摇晃晃地走到幼发拉底河边，俯下头颈，七口就把河水吸干了；喷一口气，地面上就出现了一个大坑，令一百个人陷了进去；再喷一口气，又是

人物剖析

伊什塔尔的告白未得到吉尔伽美什的同意，立刻就想惩罚对方，根本不顾及对方的感受，与前文中提及她任性胡闹、肆意放纵的行为相互印证。

人物剖析

安努的“犹豫不决”与伊什塔尔“咬牙切齿”的叫嚷形成鲜明对比，这说明安努还会考虑是非对错，而伊什塔尔却完全以自我为中心，毫不讲理。

一个大坑，陷进去二百个人。公牛把第三口气喷向恩基杜，恩基杜立刻跳了起来，和公牛揪打成一团。

公牛朝恩基杜喷唾沫，又用尾巴抽他。恩基杜大声喊道：“吉尔伽美什，我的朋友，我们以勇敢闻名，现在该如何回应这一挑衅？”

吉尔伽美什听到恩基杜的呼喊后就飞快地跑了过来，两个人联手，天下无敌，连公牛也打不过他们。终于，公牛被恩基杜揪住尾巴，又被吉尔伽美什刺了几刀，轰然一声倒在地上，不动了。

情节解析

吉尔伽美什和恩基杜联手打败神牛，是“英雄与神相抗”情节的高潮。他们的胜利体现了正义和团结的力量，这是伊什塔尔无法理解和抗衡的。

吉尔伽美什与恩基杜相互拥抱，庆祝又一次齐心协力战胜强敌。他们把公牛的心献祭给沙玛什，在硕大的角中盛上油脂，献给吉尔伽美什过世的父亲——英雄卢迦尔班达。

皆大欢喜中，只有伊什塔尔很不高兴，她在城墙上喃喃地诅咒吉尔伽美什，恩基杜嫌她烦，将剩下的公牛毛发团成一团，丢在她脸上。

伊什塔尔召来女人们围着公牛的毛发哭悼，而此刻那对战胜了公牛的兄弟已用幼发拉底河的河水洗净了自己的手。吉尔伽美什登高而呼：“芸芸众生中谁出类拔萃？举世的豪杰中谁最荣耀？”万山齐声应和：“恩基杜出类拔萃！吉尔伽美什最为荣耀！”呼声之大，远远盖过女神的哭泣和诅咒。

英雄之死

恩基杜追随吉尔伽美什建功立业，所向披靡，然而，不可战胜的死亡终于降临到了他身上。一天夜里，他梦见安努、恩利尔、沙玛什三位大神商议他与吉尔伽美什砍杀胡姆巴巴的事情。

安努说：“偷盗雪松的人必须死。”

恩利尔说：“吉尔伽美什不能死。让恩基杜代替他吧。”

沙玛什却说：“这不公平！我们怎么能这样裁决？”

然而，沙玛什势单，且不如安努与恩利尔权大，于是，诸神决定让恩基杜去死。

恩基杜从梦中惊醒，心悸不已，他把这一切都告诉了吉尔伽美什。吉尔伽美什大吃一惊，认为这是极不合理的。他宽慰恩基杜，叫他不要为那些毫无根据的荒唐事担心，并表示自己将用黄金装饰神像，令诸神欢悦。这样，即使他们从前有什么过错，也一定会得到上天的宽恕的。

然而，就在这个时候，沙玛什的声音从九霄传了下来，这一次公正之神的声音不再像从前那样充满温暖的力量了。他冷峻地说：“君王啊，别浪费黄金了，泼出的水不会收回，诸神说过的话也不会改变。命运一旦确定，就再没有商量的

词句赏析

“建功立业”的意思是建立功勋，成就大业；“所向披靡”比喻力量所到之处，一切障碍全被扫除。这两个词语写出了两人所获得的成就很大。

人物剖析

吉尔伽美什不惜黄金只求换来诸神欢悦，求得上天宽恕，体现了他对恩基杜的深情厚谊，以及凡人在面对神灵意志时的无力感。

余地。”

吉尔伽美什与恩基杜面面相觑，在死亡的阴影下感到一阵惊恐，又迅速地堕入了感伤中。

恩基杜转头注视着一道高大的木门，那门正是用雪松之林运来的木材制成的，它没有思想，也不会忧伤。自己为了造这扇门吃了那么多苦，得到的报酬却是死亡，当初何苦要为它跋山涉水呢？

倘若自己没有变成人，还是野兽的同伴，无忧无虑地徜徉在水边，那么，这种种的事端也就不会落在自己身上了吧。想到这里，恩基杜就强烈地厌弃人世，大限将至的他向沙玛什许下了遗愿：希望沙玛什让猎人软弱，让野兽化险为夷。如今的他又重新把自己看作兽群的朋友，而把他引入人世的沙姆哈特则遭到恶毒的诅咒，恩基杜前所未有地痛恨她。

沙玛什为恩基杜叹息，他指责恩基杜被怨愤填塞了心灵，理智尽失。怎么能因为不堪承受做人的苦楚就忘记了在人世享受到的好处呢？这一严厉的指责使恩基杜无处可遁，恩基杜羞愧地收回了前言。

死亡如同乌云，在英雄的头顶盘旋不散，恩基杜再次被噩梦袭击。梦中的世界一片萧然，苍天吼问，大地作答，茫茫的黑夜中只有他一人站立。突然，黝黑的暴风雨之鸟扑下来抓住了他，

人物剖析

这里是对恩基杜的动作和心理描写，描述了他得知死亡已不可避免时的痛苦与忧伤。而段落末尾的反问，更是饱含着怨愤。

词句赏析

这句话运用比喻的修辞手法，把死亡比作乌云，生动形象地写出了恩基杜被死亡的阴影所笼罩的痛苦。

锐利的爪钩深深陷入他的皮肉，开裂的大地把他和大鸟一起吞了下去。

恍惚中，他的身体开始抽搐，并收缩成一只鸽子，沉入了有去无回的国度，那是一个幽暗的世界。鬼魂们披着黑色的羽毛在污浊中缓缓蠕动，吃灰尘，喝泥浆；鬼魂们生前的皇冠和权杖被抛弃在一边，结满蛛网。他从他们的头顶飞过，来到冥府女书记贝莱特·采里的面前，贝莱特·采里看了他一眼，开口道："死亡已制驭此人。"

恩基杜惊醒过来，床前没有月光，万物都蹲伏在黑暗中。自从做了这个梦后，恩基杜就病得卧床不起了。

时间一天天过去，他的病势也越来越沉重。到第十二天早上，奄奄一息的他突然从病榻上支起身子，用尽所有的力气，厉声呼道："我好恨！我被神愚弄！我曾反对远征，却是谁煽动我？是谁握住我的手，借我的刀剑杀生？神啊，神！你既然在杀戮中助我，为何现在却要将我抛弃……"呼喊到声嘶力竭时，他抓着按住自己的吉尔伽美什的手凄然说道："我的朋友，我们迟早会因为曾经的暴行丧命！"

他的身躯慢慢倒下，风吹动那躯干上的衣衫，也吹走了他最后一丝气息。英雄随着日落辞世而去，天地失色，人们泪流不止。

我的批注

情节解析

恩基杜的临终感言，饱含着他对朋友命运的忧虑，也为后文吉尔伽美什努力探索生死奥秘埋下了伏笔。

牧场为恩基杜痛哭，仿佛失去了亲生母亲；柏树与雪松为恩基杜痛哭，眼中的树脂奔涌而出；奔腾的欧勒乌丝河为恩基杜痛哭，因河堤曾蒙他行走；光明的幼发拉底河为恩基杜痛哭，因河水曾蒙他汲取；逶迤的林坡为恩基杜痛哭，因他曾在其中漫游；乌鲁克男女老少为恩基杜痛哭，因他们曾目睹他战胜神牛；百兽为恩基杜痛哭；女奴为恩基杜痛哭；男仆为恩基杜痛哭；新郎新娘亦为恩基杜痛哭……然而，这所有的泪水加起来也抵不上吉尔伽美什一个人的悲恸。

词句赏析

“然而”一词表示转折，这所有的眼泪都不能和吉尔伽美什的悲恸相比，这便由世界上失去一位英雄的痛苦转到了吉尔伽美什失去挚友的痛苦上，让读者也不能不为之动容。

吉尔伽美什深深埋首在恩基杜胸前，仿佛头颅是沉重的负担，无法抬起。他触碰恩基杜的心房，那里面只有一块石头在亘古长眠，已经感觉不到任何生命的律动。恩基杜，如今再也不能从梦中醒来了，纵使吉尔伽美什双目充血地拉扯自己的头发，为恩基杜的死去痛苦不已，恩基杜也不会醒来了。

渐渐地，有一种更强烈的感情涌上吉尔伽美什的心头，甚至盖过了哭悼的哀伤，那便是对于人生苦短的恐慌与迷茫。

当黎明再次降临大地，吉尔伽美什俯瞰一切，只觉得恍若隔世。他召来雕塑师、铜匠、铁匠、宝石匠，为恩基杜塑像，并举行了隆重的葬礼。随后他便披上狮皮，悄悄地隐入荒漠中了。他决心放弃一切去寻找永恒的生命。

追寻永不凋谢的生命

生命如花，有开有谢，青春只是弹指刹那的芳华。人应当如何面对这种命运？神说：“吉尔伽美什，你要去往哪里？你想寻找永恒的生命吗？——找不到的。你所渴望的，人世间从来就没有过。”然而吉尔伽美什决心已定，他如同一个沉睡了多年的人，蓦然意识到睁开眼睛就会有一个更加灿烂辉煌的世界，于是，谁都无法阻止他抛弃睡梦、向着高天直视太阳的冲动。

不安于宿命的吉尔伽美什再一次踏上了前途未卜的旅途。流浪磨损了吉尔伽美什的青春之美，他的双颊凹陷下去，面容变得憔悴不堪，内心的忧伤使他衣带渐宽，酷热与严寒交相在他额头刻下苦难的痕迹。即使是恩基杜活过来，只怕也认不出他了。

不知经历了多少磨难，吉尔伽美什终于走到了大地的尽头——玛舒山。这山是环绕着大地的天堤的一个出入口，山上有一扇铜门，是太阳出入的地方，由半人半蝎者把守。

人类不可以通过，因为出了这扇门就出了人间。然而，吉尔伽美什的信念早已超脱凡俗，他恳求半人半蝎者让他通过世界最后的关卡，赐他一条可以摆脱死亡追逐的道路。他的执着打动了半人半蝎者，半人半蝎者为他打开了太阳出入的门。

词句赏析

这里用花有开有谢来形容生命短暂，用弹指刹那来形容青春易逝，巧妙的比喻中暗含着对时光流逝的无奈和惋惜。

人物剖析

这里对吉尔伽美什的外貌变化进行了生动细腻的描述，体现了他的辛苦与忧愁。

词句赏析

运用比喻的修辞手法，把叶缝中漏下的光线比作金色的细雨，生动形象地写出了女主宰西杜里的居所中的光明与温暖。

门后是一条没有光的道路，吉尔伽美什摸索着穿过那漫长的夜。历尽黑暗后，他的眼前豁然一亮，原来他来到了一处美丽的葡萄园。园子里和风习习，藤蔓参差披拂，光线如金色的细雨从叶缝中漏下，落在人们的脸上、肩头，暖洋洋的，这里是女主宰西杜里的居所。

当西杜里现身时，吉尔伽美什向她表明了自己的身份和来意，请求她指点迷津。优雅的女神被吉尔伽美什潦倒的外表吓了一跳，想到那位曾经意气风发的天之骄子居然沦落到现在这个样子，她不禁蹙眉叹息。

“你为什么要自讨苦吃呢？”女神劝道，“你

在乌鲁克为王时，吃的是山珍海味，饮的是琼浆玉液，穿金戴银，每天都像在过节，人世间值得珍爱的东西莫过于那些了，你为什么要将它们尽数抛弃，却到沙漠里寻找海市蜃楼呢？”

吉尔伽美什说：“我曾经有过一个情同手足的朋友，我们一起征讨胡姆巴巴，一起捕获公牛，一起在山隘与狮群搏斗，亲密无间，就像一个人。可是，他突然死了，躺在床上，四肢僵硬，魂魄远离了身体……我日日夜夜为他痛哭，不愿把他交付给坟墓，却无论如何也无法将他唤醒……为什么我像强盗一样在荒漠中流浪？因为只要一想到他，我就不得安宁——难道我也要像他那样死去并化为尘埃，无奈地躺下，永生永世不能站起来吗？”

西杜里说：“众神造人时已经为人确定了死亡，你想寻觅长开不败的鲜花吗？那只是水中捞月的妄想罢了。”

然而，吉尔伽美什决心已定，即使神祇也不能动摇，他苦苦地哀求。西杜里无可奈何，只好告诉他由此出发，渡过死亡之水，到一个名叫德尔蒙的仙岛上去寻找乌特纳皮什提——据说他是唯一被赐永生的人。

漂在水中的人，哪怕只给他一根稻草，他也会紧紧抓住不放，吉尔伽美什正是如此。他费了九牛二虎之力才找到可以载他渡过死亡之水的船

情节解析

照应前文，交代了恩基杜的死亡以及吉尔伽美什来到这里的原因。正是失去朋友的痛苦和对死亡的迷茫不安，吉尔伽美什才踏上这条追求永生的道路。

词句赏析

成语“九牛二虎之力”的本义是九头牛与两只虎的力气的相加，形容很大的力量。用在这里说明吉尔伽美什付出了很大的努力。

夫乌尔沙纳比，死亡之水散发出死亡的气息，只要沾上一滴，立刻就要了人的命。泅渡的艰辛无法用语言表达，当他最终筋疲力尽地登上德尔蒙岛时，乌特纳皮什提已站在眼前。

“你看上去很憔悴啊，客人，我能为你做些什么吗？”永生者乌特纳皮什提提问。“我想知道不死的奥义。”吉尔伽美什回答道。乌特纳皮什提静静地听着吉尔伽美什向自己倾诉恩基杜死后的不安与忧伤，末了，他说道：“你满怀忧伤，只因为你的父亲和母亲将你造成凡人？你焦躁不安，只因为你的生命有一个死亡的限度？然而，严酷的死何时宽恕过世间万物？谁能建造永不倒塌的房屋？谁能拥有永不流失的财产？世人的情仇爱恨难道永远不变？河中难道永远涨满汛期的水？幼虫化成的蜻蜓难道能永远在太阳下飞翔？你为何畏惧死亡呢？那无非是一场睡眠而已。虽说众神为人类确立了死亡的法则，但重要的并不在于你生命的终点是死亡，而在于你生命的过程是活着。既是活着的人，就好好地活吧，何苦追问终点的秘密！”

乌特纳皮什提的回答远远不能让吉尔伽美什满意。“那么为什么你能长生不死呢？”吉尔伽美什追问道，“你也是双手双脚一个脑袋，身体与我没有两样，不比我更强壮，休息的时候也一样要躺下来，为什么诸神赐你长生呢？”

词句赏析

此处连用多个反问句，并借物说理，强调了世间万物不会永恒不变的道理。

“既然你打破砂锅问到底，我就告诉你一件诸神的秘事。”乌特纳皮什提说。他以他那特有的平缓语调将古久之事娓娓道来：

“幼发拉底河畔曾有一座古老的城，名叫舒里帕克，城中人喧闹争执，惊扰了神明，引来了神明的仇视。以脾气暴躁的恩利尔为首，诸神打算招一场洪水把人类统统毁灭。只有埃阿神将这个消息偷偷地告诉了人类，他对着舒里帕克人的茅屋说：‘茅屋啊茅屋，我把重要的秘密告诉你，你须用心记住，你的主人将大难临头，想活命的话，他就应当立即制造一艘船，把全家都搬上去，不要再贪恋其他东西了。’

“我听到了埃阿神的话，心领神会，向他请教自己该怎么向城邦中的民众和长老交代，埃阿神便教我声称自己受到恩利尔的敌视，不得不离开舒里帕克，到埃阿的国土——海洋上去。我谨遵神谕，用了五天五夜的时间造了一艘船，面积三分之一公顷，船舷高一百二十丈，全船分为七个部分，有九层船舱。船既造好，我又安桨置舵，将油砂、树脂、橄榄油都运上船去。船体下水后，我将白银装入船中，将黄金装入船中，将牲畜装入船中，将宠物装入船中，我的家人与所有的能工巧匠也纷纷登船，随后大雨就来临了。

“那一日，晨曦刚刚在东方现身，天边的乌云便滚滚而来，云中涌动着诸神，他们的脚踩过

词句赏析

“打破砂锅问到底”是指对事情的原委追问到底。这里是借乌特纳皮什提之口，侧面表现出吉尔伽美什不达目的誓不罢休的执着态度。

情节解析

这里介绍了乌特纳皮什提造船装物装人的过程，为下文他安然度过灾难、成功实现自救作好了铺垫。

山峦和原野，舒拉特与哈尼什是队伍的急先锋，阿杜在黑云中吼叫，埃拉伽尔倒拔树木，尼努尔塔捣毁道路……一切光明的事物都归于黑暗，众神在黑暗中暴绽的光芒更令大地胆战心惊。世界俨然一只被砸的陶碗般支离破碎，仅仅一天，大水就漫过了群山，像战火那样扫荡世间，万物荡然无存。

“我看到了诸神面对自己恶作剧后果时的惊恐，他们在安努那里相互偎依，诚然是一堆小狗小猫的模样。伊什塔尔像个难产的女人般高声哭叫：‘我们为什么要造出世人？为了让他们像鱼一样遍布海洋吗？我们大错特错了！’诸神与她一起哭泣，他们的声音在水面上分外清晰。

人物剖析

这里是对女神伊什塔尔的语言描写。她自问自答的高声哭叫，流露出的是对诸神招来洪水、毁灭人类的内疚和懊悔。

“又是六天过去了，狂猛的暴风雨终于平息。我打开气孔，久违的阳光落在脸上，简直要使人落泪。放眼望去，全部人类似乎都化成了泡沫，海面辽阔而空无一物。我跪在舱中，泪水终于止不住地滚落。

“那天，我取出一只鸽子，放它飞去，它盘旋一圈后就回来了；我又取出一只燕子，放它飞去，它盘旋一圈后也回来了；最后，我取出一只渡鸦，放它飞去，它没有再回来。我因此知道洪水下落，已经露出地面，能够给渡鸦提供栖息的地方了。于是，我走出大船，在山顶上举行了复活祭。

“诸神被行祭的香气吸引了过来，恩利尔看到我和我的船，竟又勃然大怒，问我是什么灵体，为什么能幸免于难，因为他觉得不该有一个人存活下来。这时，埃阿站出来据理力争，他责备恩利尔身为大神却丝毫不懂节制与容忍，胡乱制造灭世的洪水，荼毒生灵，比狮子、恶狼、饥荒、瘟疫都更凶残，丝毫没有大神的风度。诸神先前助纣为虐，如今追悔莫及，都站在埃阿一边。埃阿因我领悟了他的隐谕，没有使人类灭尽，这才赏赐给我永恒的生命。”

乌特纳皮什提的故事令吉尔伽美什在绝望中看到了一丝希望，尽管不会再有那样的机遇，但他依然认为：既然乌特纳皮什提能得到长生，那么，自己也能。

“既然如此，先让我看看你的意志力吧。”乌特纳皮什提说，“你能七天七夜不睡觉吗？”

“这有什么难的！”吉尔伽美什说。

一场赌局开始了：只要吉尔伽美什坚持七昼夜不睡，乌特纳皮什提就告诉他永生的办法。

可惜，吉尔伽美什实在太疲倦了，睡意笼罩着他，犹如荒漠的暮霭。不多时他便沉沉睡去，直到第七天才苏醒过来。醒来时，他发现乌特纳皮什提正看着他，觉得有点儿不好意思，狡辩道：“我好像是被睡意摸了一把，但你在刹那间碰了我，我立刻就醒了——这不能算睡着吧。”

我的批注

情节解析

乌特纳皮什提和吉尔伽美什之间的这场赌局，为吉尔伽美什能否获得永生的办法，设置了新的悬念，增加了故事的紧张感和戏剧性。

乌特纳皮什提早就知道吉尔伽美什会来这么一招，七天前他便嘱咐自己的妻子每天烤一个面包放在床头，并把吉尔伽美什安睡的时日刻在墙上。现在第一个面包已经发霉，第六个面包也硬得像石头一样，墙上的记号刻到了七。面对铁证，吉尔伽美什羞愧难当，同时感到深深的绝望。

"怎么办？我的肉身已经被劫取生命的神握在了掌心里，我目光所及，死亡无处不在。"

然而，乌特纳皮什提没有回答他，只吩咐乌尔沙纳比带吉尔伽美什去沐浴更衣。洁净的水从头顶倾泻下来，破旧的衣服被扔入大海。吉尔伽美什换上崭新的装束，又恢复了往日的风采，简直像从来没有经历旅途中的那些折磨一样。他知晓永生无望，遗憾地朝乌特纳皮什提夫妇挥手道别，与乌尔沙纳比走向了回程的船只。

忽然，乌特纳皮什提的妻子对乌特纳皮什提说："吉尔伽美什远道而来，历经了千辛万苦。你给了他什么呢？难道要让他空手回去？"

这时，吉尔伽美什已经举起了篙，却听见乌特纳皮什提向他喊道："吉尔伽美什，你远道而来，历经了千辛万苦，我不能让你空手回去——我要告诉你生命之花的奥秘！"

这一下真是柳暗花明，吉尔伽美什终于得知了在某处的海底有一种花，长着玫瑰般的尖刺，

人物剖析

乌特纳皮什提早在七天前就有所准备，可见他行事谨慎细致。而独特的烤面包计时法，也再次展现了他的智慧。

词句赏析

"柳暗花明"多用来比喻在困境中出现转机，看到希望。这里是说吉尔伽美什在绝望中忽然重获希望。

获得它的人将永远年轻。这花极难采摘，然而吉尔伽美什不怕艰险，他在腿上绑了一块沉重的石头，沉入海洋的深处，找到了乌特纳皮什提所说的生命之花。

他采摘生命之花时，花茎上的刺扎伤了他，但他并没有松手。

他用刀割断绑石头的绳子，海水将他送上了岸，生命之花在他手中熠熠生辉，他的心中充满欢喜。他告诉乌尔沙纳比，自己要把这花带回去与民众共享。

不料，一条蛇在吉尔伽美什沐浴时嗅到了花香，它爬出洞口，拖走了生命之花。

蛇蜕去旧皮，恢复了青春。吉尔伽美什却与永生失之交臂，失声痛哭的吉尔伽美什终于领悟到永生是虚妄的。

两手空空的吉尔伽美什回到了故乡。他与乌尔沙纳比一同登上乌鲁克的城头，风声连绵，砖瓦无语。他抚摸着城墙，心中感慨万千。

人物剖析

"与民众共享"的想法，展现出吉尔伽美什作为乌鲁克君王的仁爱之心。

主题辨析

吉尔伽美什追求永生而不得的神话故事，体现了古代两河流域地区的人民对生死奥秘的积极探索，艺术地再现了当时苏美尔人的价值观念和道德理想，闪耀着人类智慧的光芒。

千人千面

姓　　名：
年　　级：
阅读日期：

每个人都有独特的外貌特征，外貌描写是人物描写的重要方法之一。下面是一些外貌描写的词句，请选择神话故事《吉尔伽美什》中的一个人物，圈出描写他（她）外貌特点的词句。

我选择的人或物是____________________。

身材魁伟　　容貌非凡　　威猛过人

三分之二是神，三分之一是人

蓬头垢面，与野兽为伍　　高出众人，与神相似

三分像人，七分像兽　　浑身长着长长的毛

脑袋上的头发，更是茂密得像谷堆似的

很英俊　　个头略矮，骨骼更粗壮　　血盆大口

生得丑陋　　嘴里喷出熊熊的烈火　　双目充血　　巨大

吼声能引起龙卷风　　有无数只手、无数只脚

雄姿英发　　双颊凹陷下去　　面容变得憔悴不堪

额头刻着苦难的痕迹　　潦倒的外表　　美丽

亚述神话

白 鸽 女 王

扫码获取音频

引言

白鸽女王是一个被遗弃的可怜女孩。她被遗弃后，遭遇了哪些事情呢？她又是如何从一个普通的女孩成为女王的呢？

很久以前，幼发拉底河洪水暴涨。恶浪滔天的水面上漂浮着一个巨大的白色鸟蛋，鸟蛋一下子被抛到空中，一下子又被卷入水底。有两条大鱼发现了这个鸟蛋，它们用尽平生力气将鸟蛋送到了岸上。这时，有一只白鸽飞了过来，把鸟蛋抢救到了安全的地方。

白鸽并没有离开，而是蹲下来孵蛋。几天后，蛋壳裂开了，里面走出一个美丽的人脸鱼身的少女，她就是迪丽基吐神。迪丽基吐神漂亮活泼，天神们都很喜欢她。渐渐地，迪丽基吐神成了宇宙间公正、智慧、美德的象征。天神们很欣赏她，答应满足迪丽基吐神一个愿望。

人物剖析

先是鸟蛋被大鱼从洪水中送上岸，后是白鸽从鸟蛋中孵出少女。这样离奇的情节，从一开始就展示了迪丽基吐神独特的身世。

那时，大地上的女神们不用结婚就可以生孩

子。迪丽基吐神很想要一个孩子，于是她便生下了一个女孩。这个女孩和她妈妈不一样，她完全是人形，脸上还有一双明亮的大眼睛。

迪丽基吐神虽然喜欢女儿，但是听到其他女神的质疑、诽谤，她便在一个夜里将女儿遗弃了。尼尼微的主神巴维斯在巡视大地时，看到了这个被遗弃的生命，于是他派使者耶布到地上去保护她，还派了一群白鸽当这个女孩的奶妈。

白天，白鸽们用翅膀给女孩挡太阳；晚上，它们用翅膀给她挡风寒。另外几只白鸽轮流飞进牧人的房子，含几滴牛奶送到女孩的口中，给她充饥解渴。

情节解析

以前小女孩妈妈被白鸽从蛋中孵出，现在小女孩又被白鸽抚养。这个小女孩与白鸽们结下不解之缘，为后续情节发展作好了铺垫。

几年过去了，女孩逐渐长大，白鸽们开始寻找奶酪给她吃。有一天，牧人发现奶酪上有鸽子踩过的痕迹，于是他跟随白鸽发现了这个女孩。

牧人被女孩的美貌惊呆了，他把女孩带回了家。其实，他是想等女孩长大一点儿，把她带到尼尼微的婚姻市场上卖个好价钱。牧人给女孩取了个名字，叫塞米拉米丝，意思是小白鸽。

尼尼微有一个婚姻市场，每到盛大的婚姻节，男人们从四面八方赶到这里，物色中意的对象。

词句赏析

“四面八方”泛指周围各地或各个方面。这里写出了“婚姻节”的盛大，影响的范围很广。

塞米拉米丝长大了，牧人将她带到了婚姻市场。塞米拉米丝一到市场便被王家卫队队长西玛看中。

西玛无儿无女，他的妻子也很喜欢塞米拉米丝，于是收她做女儿，养在家中。

一年春天，米努吐斯将军来到西玛家，无意中看见了塞米拉米丝，他被这个美丽的少女迷住了。塞米拉米丝把自己的身世告诉了将军，将军非常同情她。将军和西玛商量了一下，给了西玛一笔钱，把塞米拉米丝带回了自己家。

将军决定娶塞米拉米丝为妻，不久，他们就举行了盛大的婚礼。婚后，将军对塞米拉米丝百依百顺，塞米拉米丝也处处满足将军的要求，这样，她完全取得了将军的信任。

不久，国王打算开拓疆土，于是他亲自率领一支军队向敌国边境开去。大军一路势如破

词句赏析

“百依百顺”形容在一切事情上都很顺从。这里是指米努吐斯将军做任何事都非常顺从塞米拉米丝的意愿。

竹，不料却在攻打敌国首都巴克吐利城时受到了阻碍。

巴克吐利城地势险要，城墙高大坚固，易守难攻。国王见攻不下，怕时间久了国内发生变故，因此打算撤兵。

这时，米努吐斯将军因思念妻子，便秘密派人回去接塞米拉米丝。塞米拉米丝女扮男装，偷偷来到了军中。

人物剖析

这一段描写了塞米拉米丝的所见和所想，体现了她头脑聪明，善于观察和分析，还有勇有谋的特征。

黎明时分，塞米拉米丝放眼看了一下巴克吐利城，她发现国王的军队只知道正面进攻，而没有想到从两侧发动攻势。这时，塞米拉米丝有了一个大胆的念头，她打算率领一支精锐部队从侧面高处袭击巴克吐利城，把敌人打个措手不及。

塞米拉米丝走进军帐，说服了丈夫。当太阳升起来的时候，巴克吐利城侧面高处突然遭到猛烈的进攻。国王、将军和余下的士兵都紧张地注视着巴克吐利城，时间一分一秒地过去，最后塞米拉米丝出现在了对面城墙上。她站在那里，微笑着向这边招手。巴克吐利城就这样被美丽的塞米拉米丝攻陷了。

见此情形，国王非常兴奋，他指着塞米拉米丝问将军：“城上的女人是谁？”

将军觉得头上响起了闷雷，他知道自己美丽勇敢的妻子已经引起了国王的注意。将军本想蒙混过关，但在国王穷追不舍的逼问下，他只好说出实情。

国王回到王宫后，立即召见了塞米拉米丝。塞米拉米丝站在国王面前，亭亭玉立，是那么美，国王被迷得神魂颠倒。

国王下令，封塞米拉米丝为王后，将军如果愿意再娶，可以将公主许配给他。米努吐斯将军听到这个消息后抑郁而终。塞米拉米丝听到丈夫去世的消息，没有流一滴眼泪，因为她顺从将军是为了权势。现在，她当了王后，有了更大的权力。

塞米拉米丝很快就抓住了国王的心。国王像米努吐斯将军一样，对塞米拉米丝言听计从。

不久，塞米拉米丝生下了一个小王子，她的地位进一步得到了巩固。渐渐地，塞米拉米丝真正地掌握了王宫的权力。国王一刻都离不开她，就是在战场上，也要塞米拉米丝跟在身边。

国王总是以极端残酷的手段对待敌人，而由白鸽养大的塞米拉米丝热爱和平，她非常痛恨国王的这种行为。因此，她更加渴望得到权力与地位，她要不惜一切代价取代国王。

塞米拉米丝知道国王已经离不开自己了，于是故意疏远国王，这让国王非常痛苦。为了讨得塞米拉米丝的欢心，国王甚至差点儿跪下来。塞米拉米丝见时机已到，便对国王说："你必须让我掌权三天，这三天里，连你也要听从我的命令。"

词句赏析

"言听计从"意思是对某人说的话，出的主意，都听从照办。这里形容国王对塞米拉米丝非常信任。

情节解析

这里揭示了塞米拉米丝痛恨国王的原因，由此引起了她对权力和地位的渴望，推动了故事情节的发展。

国王觉得塞米拉米丝只是开玩笑，因此毫不犹豫地答应了她的要求。

第一天，塞米拉米丝登上了尼尼微国王的宝座。塞米拉米丝坐在宝座上发号施令，很有国王的风范。第一天没发生什么事。到了第二天，塞米拉米丝发出了逮捕国王的命令。国王还没明白是怎么回事，就被抓进了监狱。随即，塞米拉米丝便发出了处决国王的命令。消息传到宫外，百姓们都很愤怒，他们要求砍下塞米拉米丝的头，为国王报仇。

人物剖析

塞米拉米丝用计谋登上了国王的宝座，第二天就下达了逮捕和处决国王的命令，体现了她做事果决，雷厉风行，还很无情的特点。

塞米拉米丝听说百姓们正在闹事，并没有惊慌，而是镇定地走到高台上。她美丽的姿态让愤怒的百姓们以为是女神下凡，而且百姓们知道她痛恨国王的残酷，想改变现状，于是赶紧跪下参拜。就这样，骚乱平息了。

塞米拉米丝当上了女王，她连续统治了尼尼微二十年。塞米拉米丝当政期间的军队是亚述史上最强大的，她率领军队南征北战，战果辉煌。她先后征服了米迪亚、波斯、埃及、利比亚，邻近的国家只有印度还没有被征服。

为了征服印度，塞米拉米丝女王足足准备了两年。她知道印度最厉害的军队是大象兵团。为了打败大象兵团，女王下令给一万头骆驼披上黑牛皮。骆驼披上黑牛皮后，看起来很像一群真的大象。她还制造了两千条小船，准备从水陆两个

人物剖析

这里描写了塞米拉米丝女王为了征服印度所做的准备。了解敌情，想出对策，做足准备，这些都是在战场上取得胜利所必备的条件。

方向发动进攻。

一切准备妥当，塞米拉米丝率领军队浩浩荡荡地向印度进发。他们以最快速度到达印度，但是由于长途跋涉，女王和她的军队都有些疲惫了。

女王毫不懈怠，她的军队打赢了第一仗，俘虏了一万多名印度人，击沉了一千多艘印度战船。后来，印度军队假装撤退，塞米拉米丝女王不知是计，率领军队向前追击。结果，亚述军队中了埋伏，被印度人派出的大象兵团打得一败涂地。女王自己也受了箭伤，迫于无奈，她只好和印度人讲和。

塞米拉米丝回到尼尼微时，发现王子正在密谋篡夺王位。女王本想笼络王子，但一切已经太晚，她不得不放弃王位，交出政权。

塞米拉米丝把王位让给王子后，搬到了郊外。显赫惯了的塞米拉米丝忍受不了这种孤苦的生活，就向主神祈求，希望主神把她召唤回去。主神答应了塞米拉米丝的请求，根据她的天性，把她变成了一只白鸽。

我的批注

主题辨析

被迫放弃王位的塞米拉米丝向主神祈求召唤，最后变成了一只白鸽。这个神话故事由白鸽而起，又以白鸽而终，引发世人对战争与和平、人性与权力的思考。

好词好句

好词摘录

明亮　亭亭玉立

（摘录理由：写出了塞米拉米丝的美丽。）

势如破竹　一败涂地

（摘录理由：写出了战争胜利后毫无阻碍的气势和战争惨败的场面。）

好句摘录

白天，白鸽们用翅膀给女孩挡太阳；晚上，它们用翅膀给她挡风寒。另外几只白鸽轮流飞进牧人的房子，含几滴牛奶送到女孩的口中，给她充饥解渴。

（摘录理由：写出了白鸽与女孩的关系，解释了“白鸽女王”称呼的来源。）

埃及神话

太　阳　神

扫码获取音频

引言

古埃及的太阳神是众神之父，他有一个秘密名字。这个秘密名字给他带来了无穷神力，然而，这个秘密名字却被骗走了。是谁这么大胆，竟敢骗神力无边的太阳神呢？

秘密名字

太阳神是水神努的儿子，他在早晨的时候叫克佩拉，中午时分叫赖，傍晚的时候叫塔姆。这位太阳神起初是一个浮在海面上的蛋。

太阳神虽然是努神的儿子，但他的权力比他的父亲还要大，他是众神的主宰，是宇宙万物的创造者。

太阳神有很多名字，但他有一个秘密名字，至今为止还没有人知道。这个名字给予了太阳神法力，无论谁知道了这个秘密名字，他都将拥有和太阳神一样大的法力。因此，女巫伊西丝很早就图谋得到这个秘密名字。但太阳神始终守口如瓶，他从来没有和任何人说过。

每天，太阳神都要坐在宝座上，发号施令，统治宇宙万物。

有一天，年迈的太阳神说话时把口水滴在地上。伊西丝跟随着他，把沾有他唾液的泥土捡了起来。伊西丝把泥土烘干后，做成了一支矛，她吹了一口气，矛变成了一条青蛇。这条蛇有一个神奇的特点，除了伊西丝，谁也看不见它。伊西丝把这条蛇抛在太阳神每天中午都要经过的地方。

不久以后，太阳神被这条蛇咬了一口。灼热的毒液进入太阳神的身体，太阳神大叫一声，这一叫声震动了整个宇宙。

众神赶紧围了过去，他们问太阳神发生了什么事。太阳神对他们说：“我的孩子们，我已被一个不知名的东西伤害。我是一个神，是一位伟大的天神的儿子。可今天，我却无法告诉你们是谁伤害了我。”

太阳神摇晃着身体，忍着剧痛，继续说道：“我的父亲努神给我取了一个秘密名字。这个名字给予我法力，努神把这个名字藏在我心里，不让巫师知道，因为巫师知道后会来伤害我。”

太阳神命令所有的神灵都围在他身边，说道：“我命令我所有的孩子都来到我身边，你们要念破除巫术的咒语，这个咒语对整个世界都有效。”

天神们听令来到太阳神的身边，女巫伊西丝也混杂在其中，伊西丝见太阳神疼得满头大汗，她便趁机凑上去说道：“众神的父亲啊！请把你的秘密名字告诉我，这样我就会帮你解除病痛。”

毒液在太阳神体内像烈火一般焚烧着他的躯体。太阳神疼得实在受不了，最后，他庄严地说道：“我以父亲的名义，把我的秘密名字传给伊西丝。这个名字从此将离开我的心，进入伊西丝的心。”

太阳神话刚说完，就从众神的眼前消失了。大地从此陷入一片漆黑。伊西丝见状大喜，但她并不满足，她吩咐她的儿子道：“你快念一个有力的咒语，迫使太阳神把他的两只眼睛交出来，这两只眼睛便是太阳和月亮。”

咒语刚念完，太阳神的秘密名字就进入了伊西丝的心里。于是，伊西丝说道：“毒液呀！从众神之父的身体里出来吧。”

伊西丝的话音刚落，太阳神就恢复了健康，从此，他不再疼痛，也不再烦恼。

惩罚人类

随着岁月的流逝，统治人类的太阳神渐渐老了。有一些人开始蔑视他，他们到处传言说："太阳神老了，他的头发都已经白了。"

太阳神听了这句话非常生气。于是，他把众神叫过来，对他们说："众神啊，请听我讲！我所创造的人类说了我的坏话，他们还有可能杀死我！我希望你们告诉我，我该怎么惩罚人类。"

太阳神见众神不说话，便继续说道："众神啊，你们要知道，我的打算是把他们全部毁灭。我想把洪水放出去，把大地变成海洋，就像乾坤刚开始那样。"

众神也在旁边附和道："请用你的眼睛去惩罚他们吧。"

太阳神同意了众神的请求，他派自己的眼睛哈陶尔下凡。哈陶尔惩罚了一些人类后，太阳神后悔了。他派人把加入美德草制成的啤酒倒在哈陶尔休息的地方，啤酒很快把那一块地方全部淹没了。哈陶尔一早醒来，看见了酒，他很高兴地俯下身来，在酒中看见了自己英俊的面容，兴奋异常，便立刻大喝起来。

哈陶尔喝醉后在大地上徘徊，忘记了本来要做的事情。

词语补给站

姓　　名：
年　　级：
阅读日期：

在阅读本书的过程中，你发现了哪些令人耳目一新的词语或句子？请摘录下来，并说明摘录的理由。

令人耳目一新的词语：

感到新鲜的理由：

令人耳目一新的句子：

感到新鲜的理由：

扫码获取音频

埃及王子复仇记

引言

埃及王子何露斯长大成人，学会了很多本领，终于可以向谋害父亲的凶手复仇了。他将采取什么复仇手段？复仇路上他遇到了哪些艰难险阻？他是如何化险为夷的呢？

人物剖析

文章开头直接交代少年何露斯两个方面的特点——长相英俊、一身武艺，给读者留下了鲜明的印象。

词句赏析

热泪滚下面颊，把她手中王冠上的宝石洗得更加灿烂夺目。这里的细节描写犹如特写镜头，令人难忘。

伊西斯女神带着她的儿子何露斯秘密生活在丛林里的沼泽地。八年后，何露斯渐渐长成一个英俊的少年，练就了一身武艺。

一天，女神缓缓走向林中古树，从树洞里捧出一顶珍藏的王冠，向何露斯讲述他父亲奥西里斯被塞特残忍杀害的往事。热泪从女神光洁姣美的面颊滚下，滴落在她手中的王冠上，宝石被洗去了尘埃，更加灿烂夺目。何露斯看着母亲，问道：“您是为了躲避塞特的追杀，只身逃到这里，生下我，又秘密把我教养成人，是吗？”伊西斯女神赞许地点点头，为儿子的聪慧感到欣慰。

良久，伊西斯女神缓缓站起身来，目光坚定，神情庄重。她举起手中的王冠，说道：“孩子，对着你父亲的王冠，对着我，对着天空、大地、诸神祖先，说出你的愿望吧！”

何露斯站起来，又庄严地跪下去。他向父亲、母亲，向天空、大地和山峰，发出铮铮誓言：“我要为父亲复仇，绝不吝惜生命！”少年凄厉的呼声传向遥远的天边，传向整个世界。

于是他前往众神法庭与塞特对簿公堂。原来，埃及的神虽然有大、小、高、下之分，可是一旦发生纠纷，还得听从众神法庭的裁决。法庭由九位神组成，宇宙之主担任庭长。何露斯雄赳赳地走进法庭，引起众神一阵惊叹。众神看到奥西里斯的遗腹子不仅长相英俊、一身正气，而且慷慨陈词、据理力争、有条不紊，纷纷把手中用来表决的鲜花投向何露斯，赞同他成为唯一合法的王权继承人。站在另一边的塞特见状，暴跳如雷地吼道：“不！掌握王权要凭力量！直系子孙的身份绝不是优先条件！”法庭庭长十分惊恐，害怕塞特会迁怒于他，踌躇着不敢表态，无奈地垂下眼睛。许久，他才抬起头来说道：“还没有审理案子就先行投票，显然不能算数。”

一丝笑意在塞特狰狞的脸上荡漾开来。伊西斯急了，她冲上前去与塞特论战。伊西斯连珠炮一般的质问，使塞特无言以对。塞特终于恼羞成怒，咆哮道：“伊西斯无权参与辩论！”他拒绝继续开庭，除非伊西斯退场。他知道，若是这个足智多谋的女神在场，他将会败得很惨。

法庭庭长惹不起塞特，明知这是无礼要求，

人物剖析

何露斯的铮铮誓言传向整个世界，让读者看到了这位少年为父报仇的决心，这誓言也是可以让整个世界为证的。

人物剖析

这里是对法庭庭长心理、神态和语言的描写，说明他迫于塞特的威势，表现得软弱无力。这也是何露斯要求的正义迟迟不能到来的原因。

也只好宣布，将诉讼移到一个偏僻荒远的小岛上进行。他还严厉告诫摆渡之神安悌，非经许可，绝不允许摆渡伊西斯去那个海岛。

伊西斯站在远处的悬崖上，望着渐渐消失的大船帆影心急如焚。因为年少的儿子只身面对这样强大的对手，无疑凶多吉少。大海波涛汹涌，海浪拍击着礁石，激起冲天巨浪，纵然变成神鹰也难以飞越啊！怎么办呢？伊西斯急中生智，变作一个弯腰驼背的老妇人，颤颤巍巍地走到安悌身边，恳求他送她一程。她拿出一个金灿灿的戒指当作酬谢。安悌看这老妇人可怜，又贪图那个金戒指，就驾起一叶飞舟，送伊西斯上了海岛，还赶在了大船前面到达。

下了船，伊西斯又变作一个美貌的少女，混入刚刚上岸的众神行列。她故意走在塞特身边，向他微笑。塞特马上被这个美丽高贵的少女迷住了，笑盈盈地与她攀谈起来，奉承她的美貌和华贵的衣饰。伊西斯告诉他，自己是一个外国公主，本应继承父位当女王，可是王权被她的叔父篡夺了。她赶到众神法庭，是想搞清楚自己是不是有权利夺回王位。从少女鲜花般的嘴唇和洁白如玉的牙齿中间，轻轻吐出的这些惹人怜爱的话语，令塞特心荡神摇，忘了自己是谁以及来海岛的目的，大叫道："当然！直系子孙的身份是继承王位的唯一凭据！"他的声音真响，把海上的礁

词句赏析

此处是对大海巨浪的环境描写，直观生动。"纵然变成神鹰也难以飞越"写出了渡海之难，增加了情节的曲折性。

人物剖析

塞特在这里说的话，跟此前他在法庭上说的话完全相悖。这说明他口中的"道理"是可以随意更改的，这个自相矛盾的话语将塞特狭隘自私的性格表露无遗。

石都震裂了。

伊西斯哈哈大笑，变成一只鹰飞上大树。塞特听到伊西斯那尖利的笑声，才知道上了当，捶胸顿足，懊悔不迭。他飞奔到法庭庭长面前，投诉伊西斯要诡计行骗。可是，他的话已经无法收回了。众神和东海岸的天神们，一致赞同由何露斯来继承埃及的王位和太阳神的称号。

但塞特还不死心，他提出要与何露斯较量，胜者才有资格得到王冠。众神法庭又一次应允了他的无理要求，决定在比赛之后再进行最后的裁决和就职仪式。

塞特提出比赛造船：两个人各造一条石船，还要驾着它在水里航行。何露斯一眼就看穿了他的诡计：塞特是想骗他沉到水底，然后再暗算他。他眼珠一转，假意应承下来。何露斯砍下大树，秘密地造了一条小木船，细心涂上颜色，伪装成石船的样子，然后轻快地摇着小船，从岸边的树丛里划了出来。塞特造了一条大石船，累得满头大汗，“嘿哟嘿哟”地拖到水边，还没踏上去，石船就沉到水底没影儿了，水面上只留下混浊的涟漪。“哈——”何露斯立在船头上笑得前仰后合，踩得小船左摇右晃。塞特恶狠狠地瞥了何露斯一眼，倏地钻入水底，变作一只河马，掀翻了何露斯的木船。何露斯没防备，一个倒栽葱掉进水里，呛了好几口水。塞特又变作一条大

情节解析

事情再起波折，由此引出了比赛的情节，又一次体现出众神法庭在塞特面前的软弱无力。

人物剖析

先变河马，又变鳄鱼，塞特的杀意逐渐显露出来，可见对权势的执着已经让他无恶不作。

鳄鱼，张开血盆大口，直蹿过来。何露斯不敢恋战，飞快地爬上岸，一溜烟逃到母亲身边，只留下塞特在那儿吹胡子瞪眼。

一计未成，又生一计，塞特下决心除掉何露斯，搬掉这个通向宝座的最大障碍。过了些日子，他又提出跟何露斯比赛潜水，胜者为王。何露斯拗不过他，又不想示弱，并且还惦记着乘机复仇，就答应了。

他们来到尼罗河边，变成一大一小两只河马，钻入碧波荡漾的河里，久久不曾浮上来。伊西斯急得在岸边来回踱步，生怕儿子会给憋死。她思忖了一会儿，拿定了主意，趁众人不备，悄悄拔下头上的金钗，变作一把锋利的鱼叉，瞄准大河马的脊背猛掷出去。鬼使神差地，那鱼叉却刺进了何露斯的脊梁。伊西斯急忙掷出另一根金钗，刺向了大河马的后背。塞特一声怪吼，冲出水面。侍从们赶忙扶起塞特，到宫内疗伤休息去了。

伊西斯哭着扑向儿子，为他拔出鱼叉，敷伤止血。母亲的偷袭和哭哭啼啼的怜悯之态，使何露斯觉得受了莫大侮辱。他愤怒得几乎丧失理智，不顾一切地跳起来，抽出佩剑乱砍一气，不料误杀了母亲。何露斯被自己闯下的大祸吓呆了，过了一会儿，他抱起母亲，一溜烟冲上山顶，没了踪影。

词句赏析

“一计未成，又生一计”的意思是一个计谋不能成功，又想出另一个计谋。这里用来比喻塞特的鬼点子很多。

词句赏析

“鬼使神差”的本义是好像鬼神差使一样，形容意外地发生某种巧合的事或不由自主地做出某种意想不到的事。这里是指伊西斯的金钗所变的鱼叉竟然刺中了儿子何露斯。

法庭庭长听到这个消息，大动肝火，立刻命令塞特去寻找何露斯，带他回法庭判罪。塞特正恨不得撕碎何露斯，以解心头之恨，顾不得伤痛如灼，领命飞奔而去。

塞特在山顶一块大岩石背后找到何露斯，他正紧抱着母亲，惊恐地睁着眼睛，不知所措地蜷成一团。塞特狞笑一声，抡起大刀，劈头就砍。何露斯一骨碌躲过，放下母亲，抽出宝剑，迎面刺去，两个人当即杀在一处。何露斯盯着塞特闪着寒光上下翻飞的大刀，好像看到了父亲惨死的躯体，恨不得一剑刺死塞特，他越斗越勇。两个人从山顶厮杀到山脚下，又从山脚下撕打着上了山顶，直杀得地动山摇，狂风呼啸，飞沙走石，遮天蔽日，仿佛世界末日来临。

渐渐地，何露斯无力招架了。塞特明晃晃的刀尖顶在他胸前，一步步将他逼到大岩石下。塞特冷笑着说：“让你和你母亲的头一起去见奥西里斯吧！”

何露斯忽然记起母亲平日的嘱咐：“好猎手不但要有勇气，还要有智谋。”对！他按住狂跳的心，悄悄抓起宝剑，趁着塞特狂笑时，使劲向他的腹部刺过去。塞特怪叫一声，开始攻击何露斯的眼睛。何露斯感到一阵剧痛，他失去了双眼，摔倒在地。塞特把何露斯的眼睛埋入土后也昏死过去。

我的批注

词句赏析

这句话运用了夸张的修辞手法。通过对当时两人打斗场面的生动描写，展现出这场大战的激烈程度。

夜幕降临，何露斯的眼睛长成两棵忘忧树，向天空伸出手臂一样的枝干。天上的母亲之神哈特尔见了，感到惊异，便来到山顶察看。她看到失去眼睛的何露斯正抱着母亲在哀哀哭泣，不禁大为悲悯。她命侍神取来羚羊的乳汁，倒进何露斯的眼窝。没过多久，他又能看见东西了。哈特尔女神又吩咐神界的使者透特去照料受伤的塞特，然后带着何露斯和伊西斯下山了。

哈特尔女神和何露斯来到河边，把伊西斯身上的血污用河水冲洗得干干净净。哈特尔女神把甘露洒在伊西斯身上，然后念起咒语。奇迹出现了：伊西斯活过来了！她美丽的眼睛颤动着，慢慢睁开来，看见哈特尔女神和何露斯殷切的神情，两股热泪涌出眼眶。何露斯扑进母亲的怀抱，紧紧抱住母亲，生怕再次失去她。伊西斯女神原谅了年幼的儿子。

争端闹到这个地步，众神法庭只得再次开庭，进行审理。这次，宇宙之主法庭庭长很慎重，他写了封信给生长和死亡之神，法庭庭长很快收到了生长和死亡之神的回信，信中说道："何露斯的要求是完全正当的，法庭为什么至今还在拖延，不授予他王冠？你们要明白，如果何露斯的权力不被认可，我作为生长之神，将会断绝埃及的食物生产；作为死亡之神，将会派死亡的使者到大地上去，毁灭那些怀有野心的家伙。"

人物剖析

母亲之神哈特尔先设法救治了何露斯被伤害的眼睛，又成功救活了伊西斯，生动展现出她的悲悯之心和神奇能力。

人物剖析

生长和死亡之神立场明确，并分别从生长和死亡两个方面宣告着自己的神威。正是因为有了这封信，才为何露斯争取到了最终的裁决。

宇宙之主和法庭诸神都读出了这封信里的愤怒，赶紧做出了有利于何露斯的裁决，最终判定何露斯继承埃及国王王位，并封他为太阳之神。塞特被锁上铁链，带到众神面前，被迫承认了何露斯独尊的帝王神权。

一顶镶着金太阳的王冠戴在何露斯头上。面对母亲欣慰的笑脸，面对整个大地的欢呼，何露斯庄严地登上王位。塞特呢，他的结果是当了暴风雨之神，在天空中哭喊怒骂。阳光灿烂的时候，他是不敢出来的，因为那是太阳之神何露斯统辖的时间，只有在暴风雨的天气，他才能狂呼乱喊，发泄胸中的闷气，并乘机毁坏庄稼、树林和生命。据说，直到现在他还在干这些坏事呢。

主题辨析

何露斯成了太阳之神，塞特则成了暴风雨之神。神话故事是由人创作的，故事创作者的好恶一目了然——对何露斯是喜爱和赞美，对塞特是厌恶和恐惧。

讲故事接力赛

姓　　名：________
年　　级：________
阅读日期：________

读了这篇故事后，你和你的朋友们可以发起一场讲故事接力赛，请试着完成下面的接力。

故事的主人公：________________

故事中出现的人物：________________

故事的起因：在________________（时间）________________（地点）里，________________（谁）________________（做了什么事情）。

故事的经过：________________
____
（需讲清楚事情发生了怎样的变化）。

故事的结果：最后，________________（怎么样了）。

印度神话

面 包 树

扫码获取音频

引言

老人一家住在简陋的小茅屋里，过着与世无争的清贫生活。然而，在一个风雨交加的夜晚，传来了急促有力的敲门声，这深夜的来访者会是谁呢？

茂密的森林旁边有一间简陋的小茅屋，住着一个老人和他的儿子，还有一个用人和一条狗。

他们与世无争，过着清贫的日子。布拉赫玛这位慈悲之神看到了他们被穷困煎熬的情形。就在那时，印度那干旱得快要燃烧起来的土地，迎来了瓢泼大雨。

滂沱大雨不停地下着，茅屋里的人只有守在家里。因为储存的食物所剩无几了，旧箱子里只有四个面包，所以他们盼望暴雨能够停下来，地里能长出新的果实。

夜里，风刮得更急，雨也下得更大了。小屋里的几个人围桌而坐，狗睡在主人的脚边。这时，屋外传来一阵急促有力的敲门声，用人出去打开了门。

进来的是一个乞丐，他想要一点儿面包吃。老人仔细地看了看面包箱之后对用人说:“把我的面包给他吧，他比我年龄大，比我更需要面包，他甚至连一个遮风挡雨的地方都没有啊！但愿布拉赫玛保佑我们。”用人面带愠色，拿了一个面包递给那个乞丐，乞丐向他们祝福后走了。

七天之后，剩下的面包更少了，那个乞丐又来要东西。老人沉思片刻后对用人说:“你可以把你的面包给他，如果你帮助不幸的人，布拉赫玛一定会赐福给你的。”

用人拿来面包，和颜悦色地送给了乞丐。

大雨下个不停，又过了七天，那个乞丐又来要面包，他的身体已经瘫软无力了。

老人说:“把我儿子的面包给他，这样可以让孩子学会帮助别人。”

用人忧心忡忡地把面包送给了那个乞丐。乞丐眼里含着感激之泪走了。

暴雨仍然下着，天空乌云密布，如同黑夜。乞丐第四次来叫门，请求再给他一点儿吃的。

老人说:“我们只剩下给狗留下的那个面包了。布拉赫玛赐福，让我们能尽力减轻一下这位兄弟的贫困多好啊！把留给狗的面包给他吧，如果狗明白这是一件好事，它也会感到高兴的。”

用人听从了老人的话，十分安静地把面包送给了乞丐。当乞丐叫出用人的名字，并向用人祝福时，用人大吃一惊。同时，只见那个乞丐变了样，脏衣服从他那瘦骨嶙峋的身上脱落了，金光闪闪的光环笼罩着他，散发出永不消失的青春活力，他就是布拉赫玛。他走到用人身边，把一颗像巴旦杏那样大的种子给了他，并说:“把这颗种子交给你的主人，让他种上。它会长成一棵大树，结许多果

子，你们就再也不用挨饿了。这是布拉赫玛对你们肯帮助不幸之人的奖赏。”

用人惊讶万分，返回屋里，把种子交给主人，并讲了刚才发生的事情。他们走出屋子，但没有看见神的踪影。主人拿着种子，种在一座小山上，然后向布拉赫玛致谢。

天空降下一阵甘雨，落在刚刚种下种子的那个地方。那里立即长出了一株又直又壮的树苗，转眼间又长成了一棵异常神奇的大树。

这棵树的树枝中间露出了四个果子，那是四个巨大的面包，又松软又鲜美，面包树就是这样在印度出现的，这是布拉赫玛对他热爱的人民的慷慨恩赐。

阅读随记

阿拉伯神话

阿拉丁和神灯

扫码获取音频

引言

和母亲相依为命的阿拉丁得到了一盏油灯。这盏油灯很奇妙，让他和母亲的生活发生了天翻地覆的变化。这盏油灯的神奇之处在哪里呢？得到神灯的阿拉丁将会开始什么样的新生活呢？

从前有一个叫作阿拉丁的少年。他的父亲已经去世了，他跟母亲一起过着贫苦的生活。

有一天，他碰见一个法师。这个法师自称是他的叔叔，要带他到京城去学点儿手艺。阿拉丁相信了他的话，跟他走了。

法师带着阿拉丁到京城附近的一座山上，在地上生了一堆火，念了几句咒语。只听见一阵“隆隆”的响声，地上出现了一扇石门。

法师抓住石门上的扣环，把石门拉开，说：“阿拉丁，这下面有一盏油灯，你把它拿上来，我们就发财了。”

人物剖析

开头介绍主人公阿拉丁和他的身世背景。

词句赏析

这句话是对法师动作和语言的描写。这个故事的名字中有“神灯”一词，而此处出现了“油灯”，需要重点关注。

石门下面有一条地道。这条地道只有阿拉丁的身子那么宽，里面很黑。阿拉丁害怕，不敢下去。法师取下手上戴的戒指，说："这是能辟邪的戒指。你戴上它，什么妖魔鬼怪都不能伤害你。你放心下去吧！"

地道通向一个地窖。地窖里除了有一盏点着的油灯，还有许多美丽的珠宝，阿拉丁看得两眼发呆。过了好一会儿，他才抓了几把珠宝塞进口袋，吹熄油灯，倒掉灯油，拿起油灯往回走。

法师等得不耐烦，在洞口大吼："快把油灯拿上来！你在干什么？"

阿拉丁听法师的口气很凶，有点儿害怕。他愣了一下，没有马上回答。法师气得"砰"的一声把石门关上了。

阿拉丁推不动石门，急得直喊。无意中，他的手擦了戒指一下，眼前突然出现了一个巨人。巨人说："我是戒指神，谁拥有你手上的戒指，我就听谁的指挥。你要我做什么？"

阿拉丁定定心，说："那就请你带我回家吧！"说完他就发觉自己到了家里。

过了几天，阿拉丁想把油灯擦干净。不料他刚擦了三下，巨人又出现了。巨人说："我是灯神。谁拥有我，我就听谁的指挥做事。"

阿拉丁起先吃了一惊，后来说："你给我办一桌酒席来！"话还没说完，眼前就出现了一桌

我的批注

情节解析

戒指神的出现使阿拉丁脱离困境。他会让戒指神做什么呢？结尾问句引起读者的阅读兴趣。

酒席。

阿拉丁跟母亲吃完，心里很高兴。以后的日子里，他们需要什么就擦油灯，叫灯神去做。这样过了些日子，阿拉丁听说国王要给公主找一个丈夫，就叫灯神给他变了一座城堡，把自己打扮成王子的模样，请母亲带着他把地窖拿来的珠宝献给国王，向国王求亲。

国王见阿拉丁长得英俊又诚心求娶公主，就把公主嫁给了他。

法师知道了这件事，化装成卖油灯的，每天在阿拉丁的城堡附近叫："旧油灯换新油灯！"

公主听到后想起了阿拉丁当宝贝一样珍藏的旧油灯，就叫仆人拿去换了一盏新油灯。

法师一拿到神灯，高兴极了，立刻擦了三下，唤出灯神，吩咐灯神说："把整个城堡给我搬到非洲去！"

灯神立刻把城堡搬走了。

国王发现阿拉丁的城堡和公主都不见了，非常生气。他限阿拉丁在三十天以内把公主找回来，不然就要处死他。

阿拉丁吓坏了，问遍了所有人，可谁都不知道他的妻子和城堡到哪儿去了。到了第三天早上，他洗手的时候擦到戒指，戒指神又出现了。他要戒指神帮他把公主找回来，可是戒指神没有那么大的法力，只能把他送到非洲。

情节解析

在极短的时间内，灯神就使阿拉丁贫困的生活发生了改变，展示了灯神的无所不能。

情节解析

这是戒指神的第二次出场，再次帮助阿拉丁脱离了困境。

阿拉丁在非洲找到了公主和城堡，但是没办法拿回那一盏油灯，因为法师不管到哪儿去，都把油灯带在身上。公主想到了一个主意，说："这个坏人想要我嫁给他，我一直没答应他。我假装对他好，跳舞给他看，再趁机把他灌醉。这样我们就可以拿到油灯了。"

法师不知是计，见公主对他那么好，高兴地喝了很多酒，倒在地上睡着了。

于是，阿拉丁拿到了油灯，叫灯神把整个城堡搬回原来的地方。

国王见公主回来了，很高兴。他原谅了阿拉丁，并把坏心眼的法师关进了地牢。随后阿拉丁又把母亲接来，他们过上了快乐幸福的日子。

主题辨析

任何社会都存在着善与恶。故事中阿拉丁通过善良、勇气和智慧，借助神灯的力量，打败了坏心眼的法师。这说明善有善报，恶有恶报，正义终将战胜邪恶。

我是广播小记者

姓　　名：
年　　级：
阅读日期：

如果你是一名学校广播站的小记者，现在需要采访一名或几名故事中的人物，你想采访谁？又想问些什么问题？为什么想问这些问题？

想采访的人物：______________，他（她）出自______________（故事名）

想问的问题 1：______________

____

想问的问题 2：______________

____

想问的问题 3：______________

____

为什么想问这些问题？

____

____

____

____

中国神话

盘古开天辟地

扫码获取音频

引言

从古至今，人们对宇宙起源的探索从来没有停止过。在中国神话中，天地最初是什么样子？盘古是怎么开天辟地的呢？开天辟地之后，盘古都发生了哪些变化呢？

宇宙曾是一片混沌，天和地没有分开。盘古就孕育在这混沌之中。

盘古醒来的时候，发觉周围一片漆黑，于是他伸伸胳膊蹬蹬腿，混沌就这样慢慢分离了。较轻的一部分上升，变成了天；较重的一部分下沉，变成了地。为了防止天地再次合在一起，盘古就用手撑着天，用脚蹬着地，就这样过了一万八千年。

盘古从不睡觉，也不吃不喝。天地被撑开了九万里，他也长得有九万里高了。

天和地终于成形了，盘古也觉得很疲惫，他躺下来休息。盘古开天辟地，流尽了汗水，耗尽了心血。他本来还想创造日月星辰、人类万物，但是已经没有力气，后来他在熟睡中死去了。

盘古死后，他的头变成了东山，脚变成了西山，躯干变成了中山，左臂变成了南山，右臂变成了北山，这五座大山确定了大地的一个中心和四个角。它们像石柱一样耸立在大地上，各自支撑着天的一角。

盘古的左眼变成了太阳，右眼变成了月亮。他嘴里呼出的气体变成了风和云。他的声音变成了雷霆。他的肌肉变成了大地的土壤。他的骨头和牙齿变成了埋藏在地下的金银玉石。他的血液变成了滚滚江河。他的汗水变成了雨露。他的汗毛变成了花草树木。

从此，天上有了日月星辰，地上有了山川草木、飞禽走兽，天地间一片生机勃勃。

阅读随记

扫码获取音频

伏羲教打鱼

引言

中华民族的先民在生存与发展的道路上，对自然有了深切的认识。在人类适应自然、征服自然的过程中，伏羲做了什么呢？

女娲造人之后，人间一天比一天热闹起来。可是那个时候，人们还不知道种庄稼，因此吃饭成了一个很大的问题。伏羲想了很久，都没有想出一个很好的办法。

有一天，伏羲沿着河一边转悠一边想办法，恰巧看到一条又大又肥的鲤鱼从水里跳出来。他忽然有了主意："这鲤鱼又大又肥，不是正好可以弄来吃吗？"

伏羲打定主意便下河抓鱼。没花费多少工夫，他就抓到了一条很肥美的鱼。伏羲很高兴，马上提着鱼回家了。

伏羲烤好鱼让大家把鱼分着吃了，大家都觉得味道不错。既然大家都很满意，于是伏羲就带领他们下河抓鱼了。抓了一下午，大家都有收获，晚上他们美美地饱餐了一顿。

词句赏析

这句对鲤鱼的描写活灵活现，生动形象地描绘出一条大鲤鱼跃出水面的姿态。

我的批注

伏羲又叫其他地方的人也来抓鱼吃，没多久，人们就都知道怎么去河里抓鱼了。

可是，好景不长，过了几天，龙王带着龟丞相气呼呼地赶来：“谁叫你们来抓鱼的？你们那么多人，是要把我的子民都抓完吗？”

伏羲也毫不客气地说道：“你们不准我们吃鱼，那我们吃什么？”

龙王仍旧气呼呼地说：“我管你们吃什么，反正就是不准抓鱼吃。”

伏羲说：“既然你们不准我们抓鱼，那我们就把河水放干，让你们干涸而死。”

龙王听了，心里很害怕。这时，趴在一旁的龟丞相凑到龙王耳边说：“这些人是用手抓鱼，只要不准他们用手抓鱼就行了。我们跟他们定个规矩：可以抓鱼，但是不准用手抓，也不准放干河水。”

龙王很高兴，和伏羲定下了规矩，伏羲也同意了。

回去之后，伏羲一直在想，不用手怎么抓鱼呢？这时，伏羲抬头看见有只蜘蛛正在织网。突然，他想到了一个主意。他上山找来一些葛藤，编成了一张网，然后砍了两根木棍，做成十字形绑到网上，又拿一根长棍绑在中间，渔网就这样做好了。

伏羲把编渔网的方法教给了大家，从此以

词句赏析

这个反问句表达的是肯定的含义，即：那么多人会把鱼都抓完的。朗读时要用愤慨的语气，和前文中的“气呼呼”一词相对应。

人物剖析

从这句话可见伏羲并不惧怕龙王的恐吓，反而用放干河水震慑龙王，突出了伏羲勇敢机智、不畏强权的性格特点。

后，大家都学会用渔网打鱼了。一直到现在，人们还在用渔网来打鱼，只是编渔网用的材料不同而已。

主题辨析

这篇神话传说解释了人类用渔网打鱼的起源，表现了古人对自然、生存的思考，表达了对无私奉献、乐于分享的美好品德的赞美之情。

扫码获取音频

炎帝的诞生

引言

“炎黄”是传说中上古中国的两个领袖，“炎”指的是炎帝，“黄”指的是黄帝。炎帝身世坎坷，关于他的经历，流传着一个美丽的故事。这是一个怎样的故事呢？

我的批注

词句赏析

“思前想后”形容前前后后地反复思考。这里体现了一个母亲为儿子思虑的拳拳之心。

炎帝的母亲叫女登，有一天晚上，她梦见太阳落到眼前，并发出耀眼的光芒。女登醒来后发现自己怀孕了，一年零八个月后她才生下孩子。

就在孩子出生的时候，她家门前忽然出现了九口井，并冒出了九股泉水。九口井是相通的，泉水很清澈，也很甘甜。这种现象令乡邻们议论纷纷。有人说，这孩子一出生就带来了水，将来肯定能取得非凡的成就；也有人说，这不是什么好兆头，他将来有可能被大水淹死。

女登听了大家的议论之后，心里很不安。她思前想后，最后给孩子取名为炎，希望他以后不会为水所困。

那时，人们靠猎捕野兽和采集野果生活。女登每天去山上采野果，有时候就把孩子放在草地上，自己去寻找食物。但是孩子一觉醒来，经常饿得号啕大哭。这时，母鹿和山鹰会闻声赶来，母鹿给孩子喂奶，山鹰为他遮风挡雨。

炎帝被悉心照料，长得很健壮。他出生三天就能讲话，五天就能走路，七天就长齐了牙齿，不久他就长成了一个魁梧的汉子。

炎帝发明了耒耜①、弓箭，制作了陶器、五弦琴，他还教人们种植五谷，用麻织布。炎帝为人们做了很多好事，因此被推举为部落首领，后来他和黄帝结盟，被共同尊为华夏族的始祖。

人物剖析

母鹿喂奶，山鹰遮风挡雨，生长速度极快，这些是神话故事中才出现的情节，都体现了炎帝的天生不凡。

好词好句

好词摘录

号啕大哭　闻声赶来　遮风挡雨　悉心照料

（摘录理由：炎帝的成长带有一定的传奇色彩。）

好句摘录

九口井是相通的，泉水很清澈，也很甘甜。

（摘录理由：炎帝家门前涌出的泉水的状况。）

① 耒耜（lěi sì）：古代一种像犁的农具。也用作农具的统称。

扫码获取音频

赤帝祝融

引言

祝融擅长用火，深得黄帝重用。他镇守南岳，造福百姓，深受爱戴，被尊称为赤帝。祝融死后葬在南岳衡山之阳，后人为了纪念他，把南岳最高峰称为祝融峰。

黄帝时期有个火正官，名字叫容光，官名叫祝融。他是一个氏族首领的儿子，有着一副红脸盘，威武魁梧，聪明伶俐，不过生性火爆，遇到不顺心的事就会火冒三丈。那时候人们还不大会保存火和利用火，但容光特别喜欢跟火亲近，所以十几岁就成了管火的能手。火种到了他的手里，只要不是长途转递，都能长期保存下来。容光会用火烧菜、煮饭，还会用火取暖、照明、赶跑害虫、驱逐野兽。

这些本领，在那个时候是了不得的。所以，大家都很敬重他。有一次，容光的父亲带着整个氏族长途迁徙，容光看到带着火种走路不方便，就只把钻木取火用的尖石头带在身边。

这天，大家刚停歇下来，容光就取出尖石头，找了一根大木头，坐在一座石山前呼哧呼哧地钻起火来。钻呀，钻呀，他钻了整整三个时辰，还没有冒烟，容光喘着粗气，很不高兴。但是没有火不行，他只好接着钻。钻呀，钻呀，又钻了整整三个时辰，烟倒是出来了，可就是不起火。他气得脸色黑红，呼地站起来，把尖石头

向石山上狠狠砸去。

谁知已经钻得很热的尖石头碰在石山上，瞬间冒出了几颗耀眼的火星。聪明的容光看了，很快想出了新的取火方法。他采了一些晒干的芦花，用两块尖石头靠着芦花敲了几下，火星溅到芦花上面，就冒烟了。再轻轻地吹一吹，火苗就往上蹿了。

自从容光发现了石头取火的方法，就再也用不着费很大功夫钻木取火了，也用不着千方百计保存火种了。中原的黄帝知道容光有这么大的功劳，就把他请去，封他当了个专门管火的火正官。黄帝非常器重他，说："容光呀，以后就任命你为祝融，'祝'就是永远，'融'就是光明，愿你永远给人间带来光明。"容光听了非常高兴，连忙致谢。从此，大家就叫他祝融了。

祝融常随黄帝征战，因为他发明的火攻在一场战争中立了大功，黄帝重重封赏了他，他成了黄帝的重臣。

有一次，黄帝登上衡山最高峰，接受南方各个部落的朝拜。许多氏族首领聚集在一起，大家都很高兴。祝融一时兴起，奏起了黄帝自己编的"咸池"之乐，黄帝的妃子嫘祖①也踏着拍子跳舞。大家见了，都围着黄帝跳起舞来。

跳了个痛快后，黄帝叫大家安静下来，说："我就位以来，平榆罔，杀蚩尤②，制定历法，发明文字，创造音律，编定医书，又有嫘祖育蚕缫丝，定衣裳之制。现在天下一统，我要奠定五岳：东岳泰山，西岳华山，南岳衡山，北岳恒山，中岳嵩山。从今以后，火正官祝融镇守南岳。"

---

① 嫘（léi）祖：传说中养蚕缫丝方法的创造者。

② 平榆罔，杀蚩尤：用武力击败榆罔，杀掉蚩尤。榆罔，中国神话传说中的古帝名，指最后一位炎帝。蚩尤，传说中古代东方九黎族的首领。

大家一听，都大声喊着：“万寿无疆！万寿无疆！”于是祝融被委以重任。

黄帝走了以后，祝融留在衡山，正式管理南方的事务。他住在衡山的最高峰上，经常巡视各处的百姓。他看到那里的百姓吃生东西，就指导他们学习取火，教他们把东西烧熟再吃；他看到那里的百姓晚上都在黑暗中摸来摸去，就告诉他们用火照明；他看到那里瘴气重、害虫多，百姓经常生病，就告诉他们点火熏烟，驱赶害虫和瘴气。

百姓们都很敬重他，每年八月秋收以后，就成群结队地来朝拜他。大家说：“祝融啊，你来这儿以后，人丁兴旺，鸡鸭成群，五谷丰登。你给我们带来了这么多的好处，我们感谢你，我们要尊你为帝。你以火施化，火是赤色的，我们就叫你赤帝吧！”从此，祝融就被大家尊为赤帝。

祝融在南岳活到一百多岁才去世。百姓把他埋在南岳的一座山峰上，并把这座山峰命名为赤帝峰。他住过的最高峰，就叫祝融峰。在祝融峰顶上，百姓们修建了一座祝融殿，永远纪念着他的功德。

夸 父 追 日

扫码获取音频

引言

夸父是一个不达目的势不罢休的人。无论何时，他都没有放弃过心中的信念，始终朝着理想的方向一路追逐。他究竟是怎么做的呢？

远古时候，北方有一座高山。山里住着一群力大无比的巨人。他们心地善良，勤劳勇敢，过着与世无争的生活。

他们的首领叫夸父。夸父为了让本部落的人能够活下去，常年和洪水猛兽搏斗。

这一年，天气非常炎热，庄稼被烤死了，树木被晒焦了，河流也干涸了，就连人也被晒死了。

夸父看到这种情况，感到非常难过，他果断地决定："我要追上太阳，捉住它，让它听从我们的安排。"

族人听后纷纷劝阻，可是夸父心意已决。

太阳刚从东海升起，夸父就出发了。太阳在天上移动，夸父在地上奔跑。他拼命地追呀追，穿过一座座大山，跨过一条条裸露的河床。

跑累的时候，夸父就微微打个盹儿；饿的时候，他就摘野果充饥。他抖落鞋里的土，就形成了大山，他用来架锅做饭的三块石头也变成了三座高山。

夸父一直追赶着太阳，眼看越来越近。可是他越接近太阳，就渴得越厉害，但是他依然没有放弃追赶。

经过九天九夜，在太阳落山的地方，夸父终于追上了它。夸父张开双臂，想要捉住太阳。但是太阳很热，夸父感到又渴又累。他跑到黄河边，喝干了黄河水。他又跑到渭河边，喝干了渭河水。他又向北方的大泽跑去，但是还没跑到，他就渴死了。

临死之前，夸父心里想的还是他的族人，于是他将自己的木杖扔出去。木杖落地的地方马上就长出了一片郁郁葱葱的桃林。

这片桃林结出了新鲜的桃子，为过往的行人解渴，让他们能够继续自己的旅程。

环境描写

姓　　名：__________

年　　级：__________

阅读日期：__________

环境描写指的是对人物所处的具体的社会环境和自然环境的描写。在文学作品中，环境描写起着很重要的作用。

- 环境描写
  - 自然环境：自然界的景物，如季节变化、风霜雨雪、山川湖海、原野森林等
  - 社会环境：能反映社会、时代特征的场所、建筑、陈设及民风民俗等
  - 作用
    - 烘托人物形象
    - 渲染气氛
    - 推动情节发展
    - 体现人物心理
    - 交代社会背景
    - 揭示人物性格
    - 增加故事真实性

请你在读过的故事中选择一处环境描写的句子，摘录下来，先判断它是自然环境描写还是社会环境描写，再试着分析它的作用。

摘录：__________

____

____

判断：__________

作用：__________

____

吴刚伐桂

扫码获取音频

引言

传说月宫中有个人叫吴刚，他每天都在砍伐桂树，可是桂树随砍随合，于是他只能这样永无休止地劳作下去。

从前，西河有一个叫吴刚的人。他身强力壮，嗓门儿特别大。他只要吆喝一声，顺手就可以从地上拔起一棵一人高的小树。

可是吴刚做起事情来很没耐心，学了三天铁匠手艺，就嫌太热放弃了；当了五天布店学徒，又嫌太麻烦，干脆回家去学种田。

他种田依然缺乏耐心，刚撒下种子，就想马上看到果实。听了老人的劝告，好不容易等到种子发了芽，他又隔三岔五地去掘开泥土，看看根系是否在长，三弄两弄，幼苗死了，地也荒废了。

吴刚心里总是想着做既省力又光彩的事情。

一天，他无意间看到别人在求神拜佛，就想，为什么自己不去做神仙呢？做个神仙多好啊！于是，吴刚决定去做神仙。

这次，吴刚下了很大的决心。他跨过了整整一百条河，翻过了整整一百座山，走破了整整一百双鞋子，终于在一棵老松树下找到了白胡子的老神仙。吴刚双手抱拳对他说："老神仙，我走了很远的路才找到您，请您快点儿教我做神仙的方法吧！"

白胡子老神仙摸着自己的胡子说："做神仙可不是闹着玩的，得下许多功夫，你做得到吗？"吴刚唯恐老神仙不肯收留自己，忙不迭地点头连声说："一定做得到！一定做得到！"白胡子老神仙看到吴刚诚心诚意的样子，就说："学做神仙，首先要懂得给人治病，解除别人身上的痛苦，明天你就先跟我进山学采药吧！"

吴刚想："这太简单啦！"于是，他第二天就跟着白胡子老神仙去采药，一连爬了十天的山。白胡子老神仙很细心地告诉吴刚，这种草药能治什么病，那种草药能治什么病。吴刚还没听完心就烦了，不高兴地嚷道："神仙应该逍遥自在，您为什么要我辛辛苦苦爬山采药呢？"

白胡子老神仙笑着说："我爬山采药的时候，想到能够帮助别人就感到快乐，一点儿也不觉得辛苦呀！"吴刚皱着眉头叫道："神仙应该在天上飞来飞去才对。"

白胡子老神仙看吴刚不耐烦的样子，摇了摇头说："我看你根本不懂得做神仙的道理。这样吧，我们不采药了，我给你一本天书，你好好读一读，把天地万物的道理弄懂了再说。"

吴刚把天书接过来，问道："把这本书读懂了，是不是就可以变成神仙了？"白胡子老神仙说："你只有把道理学通，心里才会觉得亮堂，那时候再学仙，就容易多了。"

白胡子老神仙的一番话，让吴刚的心静了下来。可是时间不长，吴刚又沉不住气了。他觉得读书也很麻烦。

"可惜啊！可惜！"白胡子老神仙又认真地打量了一下吴刚，无可奈何地说道，"你想做神仙到底是为了什么？"吴刚不假思索地说："我想学飞，想飞到月亮上去玩玩！"

"好吧！"白胡子老神仙叹了一口气，"我这就带你去，你把眼睛闭上。"白胡子老神仙举起扇子，轻轻一扇，吴刚的双脚竟飘飘然地离开了地面，他只听到耳边"呼呼"的风声。

也不知飞了多久，白胡子老神仙用扇子敲敲吴刚的额头，说：“吴刚，这就是你想来的地方。”话音刚落，风声就停了。吴刚赶紧睁开眼睛一看，光秃秃的一片，只有远处有一棵大树，其余就什么也没有了。

吴刚奇怪地望着周围，拉着白胡子老神仙问：“这是什么地方？怎么会这么荒凉？”

白胡子老神仙笑着说：“你不是想到月亮上来吗？这里就是月亮上，你玩个够吧！”

吴刚很好奇，径直走到唯一的大树下，问道：“这是什么树？”白胡子老神仙说：“这是桂树，有五百多丈高呢！”

“这里没什么好玩的，我们走吧。”吴刚不耐烦地催促着白胡子老神仙。

可白胡子老神仙却说：“这回我可帮不了你了，你得自个儿飞回去。”

吴刚一听就傻眼了，他沮丧地说：“我又不是神仙，我不会飞啊。”

“你用这把大斧头把这棵桂树砍倒，就可以成仙，飞回地面上去了。”白胡子老神仙说着就变出一把大斧头。

吴刚听了非常高兴，说道：“这么简单的事，你怎么不早点儿告诉我？让我浪费这么多时间。”

吴刚接过斧头，大吼一声，就往树上连砍了三斧头，可大树纹丝不动。他放下斧头，擦擦汗，再往树上一看，发现树干上竟连斧头砍过的痕迹都没有。

白胡子老神仙哈哈大笑道：“这棵桂树又叫作‘三百斧头’，有耐心的人，心平气和地砍三百斧头，就可以把它砍倒。没有耐心的人，砍了也是白砍。你砍下一道缺口，只要斧头一拿开，缺口立刻就复原了。”

后来，懒惰、没有耐心的吴刚一直留在月亮上不断地砍桂树。

日本神话

富士山的传说

扫码获取音频

引言

富士山是一座美丽的山，也是日本的最高山峰。它是怎么得名的？关于它有什么传说呢？

有一个叫笃郎的老头儿，以编竹篮为生。

有一天，笃郎和往常一样，天刚亮就从竹林砍回了一捆竹子。他编竹篮的时候，突然听到了一个细柔的声音向他打招呼：“你好啊！”

笃郎随口回答“你好”，但是他左看右看，也没看到一个人影。

他又坐下来编竹篮。可是他刚拿起一根竹子，准备把它劈开时，又听到了那细柔的声音：“你好啊！”

笃郎又往周围看了看，但还是没看到一个人影。他往竹管里一瞧，原来竹管里有一个长得小巧玲珑的小女孩。他把小女孩倒出来，放在手心里，仔细端详了一阵，便问：“你是从哪里冒出来

词句赏析

“细柔”的意思是纤细柔和。这里只闻其声不见其人，自然而然地引起读者的阅读兴趣。

词句赏析

“小巧玲珑”在这里形容女孩的身体小而灵巧。笃郎是在竹管里看到她的，可见女孩有多么小了。

人物剖析

这句话是对小女孩语言的描写，交代了她的来历。

词句赏析

“心灵手巧”指人心思灵敏，手艺精巧。这句话介绍小伙子的手艺，为下文埋下伏笔。

的？为什么这么小呢？”

小女孩回答：“我来自月宫，月宫里的女孩都只有这么大，但是我们很快就会长成大姑娘的。”

“月宫里的女孩？那为什么跑到我们地面上来了？”

“昨晚我到月宫旁的一条小路上玩，不小心摔了一跤，刚好掉在了这竹管里。”

笃郎正发愁怎么安置这个小女孩，小女孩主动说：“收我做你的女儿吧！我可以帮你洗衣做饭、编竹篮，还可以栽花种树。”

“好吧！”笃郎和善地说，“从此以后，你就是我的小女儿，名叫山竹子。”

山竹子留了下来，她手脚勤快，竹篮编得又快又好。小女孩果然长得很快，没几天，就长成了一个漂亮的大姑娘。

离笃郎家不远，有一个铁匠，他是一个快乐、健壮的小伙子。小伙子心灵手巧，能把金银宝石制成各种精巧的工艺品。

有一天，小伙子看见了山竹子，便爱上了她，山竹子也很喜欢他。小伙子希望山竹子嫁给他，但是山竹子认为这件事情应该由父亲做主，所以就让小伙子第二天到自己家里来提亲。

然而，这个时候，笃郎家先后来了三个显贵的王子。

第一个王子叫一太郎，他威胁笃郎：“把你的女儿山竹子嫁给我，否则我就把你扔到大海里去喂鱼。你考虑一下，我明天再来。”

笃郎正在家里急得团团转的时候，山竹子回来了。笃郎把这件事情告诉了山竹子，山竹子冷静地说：“不要担心，明天我来应付他。”

第二天，一太郎果然来了。山竹子站在门口，有礼貌地问他：“听说您是来提亲的，是真的吗？”

“那当然，我正是为这件事来的。”

山竹子说：“如果您真的爱我，就用行动来证明吧。我听说印度有一个铁酒杯，薄得像蜻蜓的翅膀，里面镶满了钻石，但是有个妖怪日夜看守着它，您就用这个铁酒杯做聘礼吧！我等您一百天。”

“你就等我的好消息吧！”一太郎说着就告辞了。

一太郎在路上遇到了前来提亲的另外两个王子——仓石和道太。一太郎高傲地对他们说：“山竹子已经答应嫁给我了，你们就等着喝喜酒吧！”

仓石和道太听了，只好灰溜溜地回去了。

一太郎边走边想：“钻石，我有很多；铁酒杯，我找个人打造一个不就行啦！”

一太郎回到家，马上叫来家仆，吩咐道：

人物剖析

语言描写能够直接披露人物的内心世界。一太郎用威胁的方式来提亲，此处语言描写把他的蛮横霸道、仗势欺人表现得淋漓尽致。

词句赏析

“薄得像蜻蜓的翅膀”是运用比喻的修辞手法来突出铁酒杯“薄”的特点。“妖怪日夜看守”则点明了想得到这个铁酒杯是非常困难的。

“你去找个铁匠，替我打造一个像蜻蜓翅膀一样薄的铁酒杯。打得好，我可以付双倍工钱。”

铁匠花了整整三个月的时间打造了一个精美无比的酒杯，但是家仆没有付钱就强行拿走了酒杯。

九十九天过去了，到第一百天的时候，一太郎穿上礼服，带着这个镶满钻石的铁酒杯，来到了笃郎家。

一太郎把酒杯献给山竹子，并扯起了弥天大谎：“为了得到这个酒杯，我在大海里劈风斩浪，航行了四十天。到第四十一天的时候，我才到达印度。在那里，我和看守酒杯的妖怪打斗了几天几夜。那个妖怪有四个脖子，每个脖子上长着两个脑袋，好吓人啊！我差点儿就死在它的手下了。但是最后，我还是杀死了那个妖怪，拿回了这个酒杯。现在，我把这个酒杯当作给你的聘礼。按照先前的约定，我们结婚吧！”

诚实善良的笃郎被一太郎的故事感动了，准备去请客人来参加婚礼。这时，门口来了一个年轻的铁匠，他向一太郎施礼：“尊贵的王子，您答应过我，只要我打造好这个酒杯，您就会付给我双倍的工钱，可是您的家仆一分钱都没有给我。既然这样，那么这个酒杯还是属于我的。”

接着，铁匠拿过酒杯，把酒杯中的钻石倒在了地上，双手举起酒杯，对山竹子说：“我把它

人物剖析

“整整三个月的时间”写出了铁匠打造酒杯的不易；而家仆强行拿走酒杯，可想而知家仆的主人就是个强取豪夺的人。

人物剖析

这是一太郎编造的谎言，他把自己说成一个既能在大海里劈风斩浪又能杀死妖怪的英雄人物。由此，我们可以看出他是一个既不勇敢也无诚信的人。

情节解析

铁匠的这番话揭开了谎言背后的真相，使笃郎和山竹子都了解了一太郎的人品。

献给你，虽然里面没有钻石，但装满了我对你的爱。”说完，铁匠就回家了。

山竹子握着酒杯对一太郎说：“我不会成为一个骗子的妻子，请您离开这里吧！”

一太郎羞愧无比，灰溜溜地走了。

这时，第二个王子仓石来了。他对山竹子说：“一太郎呢？我是来参加你们的婚礼的。”

“他是一个胆小鬼、骗子。我永远都不会嫁给他。”

“那嫁给我吧，我诚实勇敢……”

“那好，我考验您一下。据说，东海有座蓬莱山，山上有棵奇异的樱桃树。树干是金的，树枝是银的，果实是金刚钻，有三只老虎时刻守卫着它。您去蓬莱山带回一根结着金刚钻果实的樱桃枝给我当聘礼，我就嫁给您。我也给您一百天的时间。”

“没问题，你就等着嫁给我吧！”仓石说完就走了。

半路上，仓石眼珠转了转，心想：“我干吗跑那么远去蓬莱山呢？去请个铁匠不就行了。”

仓石走进一家打铁铺，对铁匠说：“你替我打造一根樱桃枝吧！树枝是银的，枝上结着金刚钻的果实。事成之后，我付给你三倍的工钱。”

铁匠不眠不休地打造了三个月，在交货的那天，仓石取了樱桃枝就往山竹子家跑，工钱的事

我的批注

人物剖析

这句话是对仓石的神态和心理的描写。“眼珠转了转”表明他正在打着鬼主意，可见他是一个狡猾、耍小聪明的人。

早就忘到了九霄云外。

仓石来到笃郎家时，笃郎正和山竹子编竹篮呢！

仓石把樱桃枝献给山竹子，说："为了折这根樱桃枝，我冒着生命危险在大海上漂了四十天。到第四十一天的时候，我看到了一座高耸入云的山峰。我费力地爬上了山顶，果然看到了那棵奇异的樱桃树，树干是金的，树枝是银的，果实是金刚钻。这时，有三只猛虎看到了我，向我扑来，我机灵地躲开了。后来，我挥舞着宝剑，割下了一只老虎的头，砍断了一只老虎的脚，第三只老虎夹着受伤的尾巴逃跑了。我折下了一根结着金刚钻果实的樱桃枝，带回来作为聘礼送给你，现在让我们举行婚礼吧！"

人物剖析

这一段是仓石编造的谎言。从他找到樱桃树、勇斗猛虎、带回樱桃枝的一系列谎言中，可以看出他是一个虚荣且虚伪的人，只会花言巧语编故事，缺少为了实现目标亲身涉险的勇气。

笃郎听了仓石的话，又一次被感动了。这时，年轻的铁匠又来了。他对仓石说："尊贵的王子，您答应过我，如果我打造出了樱桃枝，您就付给我三倍的工钱，但是您一个子儿也没给我。既然这样，那么这根樱桃枝还是属于我的。"

说着，铁匠举起樱桃枝，献给山竹子："我把它献给你，表达我对你的深情。"说完，铁匠就回去了。

山竹子手握樱桃枝对仓石说："我不想成为骗子的妻子，请您离开这儿吧！"

仓石羞愧不已，赶紧溜了。

仓石刚走，第三个王子道太就来了。他对山竹子说：“我是来参加婚礼的，仓石呢？”

“仓石是个胆小鬼、骗子，我永远都不会嫁给他。”山竹子回答道。

“那你嫁给我吧！我才是真正的勇士……”

“口说无凭，用行动来证明吧！”山竹子不等道太说完，便打断了他的话，“中国的东海岸有一对金鸟，它们只有指甲那么大，每个翅膀上各有一万根鸿毛，一条十头龙看守着它们。如果您是真正的勇士，那么您去把它们取来做聘礼吧！”

“你就等我的好消息吧，只要给我一百天的时间。”道太坚定地说。

道太确实比前面两个王子强一些，他果然坐着船驶向中国。在海上航行了两天，一直风平浪静。到第三天，道太忍不住吹起了牛：“海龙王算什么，它要是撞在我手里，我一定会打败它的。那对金鸟就更不用说了。”

海龙王听到这话十分愤怒，于是掀起巨浪，眼看就要把道太的船打翻了。道太吓得面如土色，连忙跪下来求饶：“您就饶了我吧，海龙王，是我愚昧无知，说错了话。”

海龙王听到了胆小鬼的求饶，也就不去和他计较。顿时，风停了，海面又平静了下来，但是船早就被吹得掉转了方向。天亮的时候，船靠岸

词句赏析

神话故事中常常会运用大胆的想象和夸张。“指甲那么大”的金鸟，每个翅膀上都有“一万根鸿毛”，小与多的对比突出了工艺的精巧。由“十头龙看守”则强调得到金鸟的难度很大。

人物剖析

这句话描写了道太的神态、动作和语言，从中可以看出他胆小怯懦，对海龙王的威力怀着深深的恐惧，与前文的狂妄自大形成了鲜明对比。

了，道太上岸一看，发现自己又回到了出发的地点——山竹子住的小村庄。

这时，道太犹豫了，他没有把金鸟带回来，该如何向山竹子交代呢？突然，一阵铁锤声将道太惊醒了过来。

“你替我打造一对金鸟吧！”道太走进打铁铺对铁匠说，“指甲那么大，每个翅膀上要有一万根鸿毛。打好之后，我会给你丰厚的报酬！”

铁匠又辛苦工作了三个月，金鸟刚打好，道太就来了。他急不可待地接过金鸟，一句客气话都没有说，就往山竹子家跑去了。他把金鸟献给山竹子，说：“我按照你的吩咐拿来了金鸟，现在我们结婚吧！”

“我想听听您是怎么得到金鸟的。”

道太双眼一眨，谎话像开了闸的洪水般涌出来：“我向西南航行了四十天，历尽千辛万苦，最后终于登上了中国的东海岸。我看到一条十头龙，我一挥剑砍掉了龙的九个头，正当我准备砍下它的最后一个头时，它竟然跪下来求饶：‘饶了我吧，您把金鸟带走吧！’我看它可怜，便饶了它，然后我就把金鸟带回来了……”

道太还没说完，年轻的铁匠就来了。他说：“尊贵的王子，我为您打造这对金鸟之前，您说过要给我丰厚的报酬，可是您什么都没给我。既然您不讲信用，我就只能收回这对金鸟。”

人物剖析

此处用“开了闸的洪水般涌出来”来形容道太的谎话，可见他说得毫不犹豫，很可能是早有准备。结合上文他向海龙王跪下求饶的情景，再看他编造的龙向他跪下求饶的情节，讽刺意味极浓。

铁匠捧着金鸟，献给山竹子，说：“我把这对金鸟献给你，愿我们像这对金鸟一样，永不分离。”

山竹子激动地接过金鸟，与铁匠并肩站在一起，对道太说道：“我不愿成为胆小鬼和骗子的妻子，您走吧！”

道太识趣地溜走了。

山竹子幸福地笑着对铁匠说：“这些显贵的王子表面上衣冠楚楚，其实都是胆小鬼和骗子。你是一个心灵手巧、诚实勤劳的人，让我们一起生活吧！”

她话音刚落，明亮的太阳就消失了，漆黑的天空中出现了一轮月亮。

山竹子出门一看，顿时泪流满面，说：“月神发怒了，她不准我与地上的人相爱，要我马上返回月宫。”

“不！我们要永远在一起！”铁匠挥着铁锤发誓，“我不会让月神把你带走的。”

山竹子什么都没有说，只是绝望地摇了摇头。

之后，山竹子和父亲进屋歇息了，铁匠守在门口。可是当月神把月光照在铁匠身上时，铁匠马上就睡着了。

深夜，月神派小喽啰来带走山竹子，但是山竹子坚定地说：“我不走，我要和铁匠生活在一起。”

主题辨析

在山竹子的心里，“心灵手巧、诚实勤劳”比表面上的衣冠楚楚重要得多。三个王子的失败和铁匠的成功告诉我们，要想实现自己的人生目标，必须经过艰辛的努力。

小喽啰这时拿出一个精美的盒子，笑着说：“月神答应让你们在一起了，这是月神的贺礼。”他打开盒子，里面是一件银光闪闪的衣裳。山竹子轻信了他的话，放心地穿上了这件美丽的衣裳。

她哪里知道，这不是一件普通的衣裳，而是一件魔衣。她只要穿上它，立即就会忘记过去的事情，只有太阳的光芒才能解除它的魔力。

山竹子忘记了父亲，忘记了心爱的铁匠。她随着月神派来的小喽啰坐在云朵上，向月宫飞去。就在这一刻，铁匠醒来了，但是山竹子已经不见了。

铁匠抬头看到一片云飞走了，立即明白过来。他举着铁锤，追赶着云朵，一连追了好几个小时，可是仍然没有追上。

这时，那朵云停在了一座高山的峰顶上，铁匠快步登上山顶，但是那朵云马上又飞了起来。

铁匠无计可施，悲痛欲绝。他拿铁锤用力地敲打着山头，发泄心中的愤怒。山头裂开了，裂缝里喷出了冲天的火焰。火焰烧着了云朵，月神派来的小喽啰被烧死了，山竹子因为穿着魔衣，平安无事。

山竹子掉了下来，落在山顶上。铁匠高兴地奔到她面前，拉着她便走。但是，穿着魔衣的山竹子忘记了铁匠，所以她没有动，只是奇怪地看着眼前这个陌生人。

我的批注

词句赏析

这两句话是对铁匠心理和动作的描写。动作是人物心理的直接反映，突出了铁匠的痛苦和愤怒。

“你是谁？为什么拉着我？”山竹子生气地推开了铁匠。此时，铁匠的悲伤实在难以形容，他绝望地跳进了山头的裂缝当中。

就在这时，太阳升起来了，金色的光芒照射在魔衣上，魔衣的魔力顿时消失了，山竹子顿时记起了一切。她悲痛地惨叫一声：“心爱的铁匠，你等等我，我要跟你一起去。”说着，她也跳进了山头的裂缝当中。

从山竹子和铁匠消失到现在，已经过去了一万年。可是，人们还记得他们。很多人说，他们并没有死，而是幸福地生活在地下宫殿。每当他们生火做饭的时候，山头的裂缝中就会喷出一股火焰，升起袅袅炊烟。

从此以后，人们就把这座山叫作富士山，意思是不死的山。

情节解析

铁匠和山竹子先后跳进山头的裂缝当中，为这个神话故事染上了浓重的悲剧色彩。

主题辨析

这个故事讲述了富士山得名的原因，表达了人们对山竹子和铁匠的怀念之情，以及对美满幸福生活的向往。

人物关系巧梳理

姓　　名：
年　　级：
阅读日期：

本书中出现了很多人物，有的是主人公，有的是主要人物，有的是次要人物。他们之间存在着怎样的关系？请试着用思维导图的形式梳理一下。

示例：《灰姑娘》人物关系思维导图

印第安神话

扫码获取音频

印第安人的诞生

引言

在印第安神话中，人是如何诞生的？天空被闪电划伤，伤口结痂后脱落，掉到土地上就变成了印第安人。这些人刚到大地上的时候，一切都是陌生的，连吃饭睡觉都不会。他们是怎样一步步学会生存的呢？

很多很多年前，有一天阳光灿烂，天上连一丝云彩也没有。忽然，万里晴空响起了可怕的雷声，地面上的动物被吓得东躲西藏，不知道会发生什么样的祸事。

“轰隆！”又是一个晴天霹雳，一道耀眼的闪电直刺天空，霎时间，天空被闪电撕开了一道长长的口子，天空被打伤了。鲜红的血液从伤口汩汩流出，裹住闪电的光柱。慢慢地，血干了，凝结成了一层血壳，红黑红黑的，在天空中形成了一种可怕的景象。

黄昏的时候，血壳脱落了，掉在森林里、平原上。这些血壳一落到地上，立即变成了一种非常奇怪的东西。这些东西用两条腿走路，和大地上已有的任何生物都不同。其他生物都围着这些奇怪的东西看，觉得很新奇；有些凶猛的动物则对这种新出现的生物充满敌意。

这些奇怪的生物就是人。成千上万的人猛然出现在大地上，他们你看看我，我看看你，不知如何是好。他们试着对话，竟然能够懂得对方的意思，立刻觉得亲近不少。

天黑下来了，他们成群结队地躲进山洞里去，因为一些凶猛可怕的动物会趁着天黑袭击他们。

第二天，他们从山洞里走出来，眼前的景色使他们兴奋不已：天边悬着一个红红的圆圆的美丽的太阳，太阳发出温柔的光，照在他们身上，暖暖和和的，舒服极了；许多可爱的小鸟在树枝上跳来跳去，唱着悦耳的歌；高大的树木，翠绿的草，鲜艳的花朵……这么多美丽可爱的东西，令他们很惊奇。溪水在山坡下潺潺地流着，发出闪闪的波光。他们跳到溪里玩起水来，觉得水真神奇，泼到人身上能自动流下来，还能把人身上的脏东西带走，如果泼到地面上，水就不见了。

这时候的人类还很谨慎，只在平原上、森林边缘走动，不敢到他们不熟悉的森林深处和更远的地方去。

到了中午，他们有了一种异样的感觉：筋疲力尽，浑身难受，肚子咕噜咕噜地响了起来。他们不知道是饿了，也不知道要吃东西，只是无力地躺在地上，或靠在树上，你望着我，我看着你，一筹莫展。

突然，靠在树上的一个人看见几只小鸟在树枝上跳来跳去，一边叽叽喳喳地叫着，一边用力地啄一种黄绿色的椭圆形的东西。他睁大眼睛紧紧盯着。只一会儿，这些黄绿色的椭圆形的东西便被小鸟啄完了。他似乎受到了一种启发，高兴地喊了一声，爬上树去，采摘那东西放在口中吃了起来。他觉得味道很好，又连摘了几个吃

起来，肚子便好受多了。其他人也都学他的样子，纷纷爬上树采摘果子吃。这样，他们学会了吃杧果，以后又学会了吃其他各种各样的果子。

后来，他们又学会了睡觉，身体疲倦了，便躺下来歇一会儿。但他们不知道闭起眼睛睡，躺下来也是睁着双眼。天上的迪娅姆女神用她那看不见的手轻轻地替他们合上了眼皮。以后，再睡觉时，他们就学会闭上眼睛了。

在大自然中，为了生存下去，他们慢慢养成了文明的习惯，学会了各种各样的本领。他们学会了用井水和河水洗澡，变得讲卫生了；他们学会了制造弓箭，用来获取飞鸟走兽；他们发现了火，用火烤熟食物吃，比生食好吃多了；他们学会了耕种土地，播种粮食。之后，他们的生活好过多了。

再后来，他们有了自己的组织——部落。印第安人就是这样诞生的。

扫码获取音频

辛格比捉弄老北风

引言

世界被暴躁的老北风冰封了，人类无法正常生活。这天老北风又席卷了大地，但他遇到了勇敢聪明的辛格比。辛格比是怎样捉弄老北风的呢？老北风被吓跑了吗？

很久很久以前，大地上的人很少，在北方生活着一个渔民部落。夏天，那里能捕到最肥美的鱼，而到了冬天，到处都被冰封，很多人都没能挨得过冬天。这片冰原的国王脾气非常暴躁，他的名字叫卡比昂欧卡，在印第安语里是北风的意思。

尽管这片冰原在世界最北的地方绵延千万里，但是卡比昂欧卡依然不满足。如果真的让他随心所欲，那大地上将没有青草，没有绿树；河流将被冰封，土地将被冰雪覆盖，世界将一年到头一片雪白。

所幸，他的能力是有限的。虽然他体格健壮、脾气暴躁，但他依然不是南风沙文达斯的对手。南风住在快乐的向日葵原野，他所在的地方一直是夏天。他拂过的地方，紫罗兰在树林中绽

情节解析

开篇点明国王的性格特征：脾气暴躁，为下文情节的发展作铺垫。

词句赏析

“随心所欲”的意思是一切都由着自己的心意，想怎么做就怎么做。这句景物描写突出了卡比昂欧卡在北方冰原上的威力。

放，野玫瑰在绿色的原野上盛开，鸽子们咕咕叫着求偶。他让瓜果生长，为森林铺上绿意；他温暖的气息让地里的玉米成熟，让葡萄变紫，让大地充满欢笑，变得美丽。而在夏天比较短暂的北方，沙文达斯会爬上山顶，往他的烟斗里填上烟丝。他吐出的烟上升形成雾，将山丘湖水笼罩起来，使那里看上去仿佛仙境一样。没有风，没有云，一切都是那么安详平静。世界上没有一个地方的夏天能像印第安的夏天这样美。

夏天，北方的渔民们辛勤工作、麻利撒网，因为他们知道，南风一旦睡着，脾气暴躁的老卡比昂欧卡就会席卷而来，把他们都赶走。这是肯定的！

一天早晨，他们打鱼的时候发现湖面上结了薄薄的冰，他们住的帐篷顶上结了厚厚的霜，在阳光下晶莹闪耀。

这些迹象很明显是个警告。冰越结越厚，天空飘下了鹅毛大雪。郊狼披着它浓密的白色冬衣快速行走。人们已经听到了远方依稀传来的号叫声。

“卡比昂欧卡来啦！”渔民们大喊道，“卡比昂欧卡马上就要到这儿啦。我们快跑吧。”

但是渔民辛格比只是笑笑。

辛格比经常笑。他抓到大鱼会笑，没抓到鱼也会笑。不管碰到什么事，他都不会沮丧。

词句赏析

此处景物描写写出了南风所到之处的迷人景象：处处充满了生机，与北风席卷时形成了鲜明对比。

人物剖析

对渔民们语言的描写表现了他们对卡比昂欧卡的畏惧，从侧面写出了老北风的威力之大。

“我们依然可以打鱼呀，”他对同伴们说，“我可以在冰上打个洞，这样我们可以不用渔网，只用钓竿从洞里钓鱼。我才不怕老卡比昂欧卡呢！”

渔民们惊讶地看着他。的确，辛格比会魔法，能把自己变成鸭子潜入水中，所以人们才叫他“潜水高手”。但仅凭他的能力，又如何能对抗得了北风的怒火呢？

“你还是跟我们走吧，”渔民们说，“卡比昂欧卡比你强大多了，就算是森林中最粗壮的树都会在他的怒火中折腰，就算是最宽广的河流都会在他的碰触下冻结。除非你可以把自己变成一只熊或一条鱼，否则完全没有胜算。”

但辛格比只是笑得更大声。“我的毛皮大衣是问海狸大哥借的，我的手套是问麝鼠表弟借的，这些装备可以在白天保护我。”他说，“在我的棚屋里，有一大堆木柴，点上火，看卡比昂欧卡敢不敢靠近。”

渔民们伤心地离去，他们很喜欢爱笑的辛格比，但现在他们担心以后再也见不到辛格比了。

渔民们走后，辛格比按照自己的方式继续干活。首先，他要储存足量的干树皮、树枝、松叶，这样晚上他回到自己的小屋时，就能把火点上取暖。这时候积雪很深，雪冻得特别牢，太阳都融化不了，所以他可以直接在雪上走，脚不会

词句赏析

渔民以森林中最粗壮的树和最宽广的河流为例，突出卡比昂欧卡的强大，以此劝告辛格比和他们一起离开北风统治下的冰原。

情节解析

此处为下文辛格比与老北风斗法埋下伏笔。

陷下去。其次，他知道怎么从冰窟窿里面钓鱼，所以到了晚上，他会拖着一大串鱼，一边往家里走，一边唱着一首自己编的小曲：

“老头儿卡比昂欧卡，
有胆过来将我吓。
块头大来气凌人，
量你没法一直横！”

一个傍晚，卡比昂欧卡顺着歌声，找到了正在雪地里缓慢行走的辛格比。

“呼，呼！”北风呼啸着，“野鹅和苍鹭都已飞到了南方，这鲁莽的两腿生物是何方神圣，胆敢在此逗留？我们来瞧瞧谁才是冰原的主人。就在今夜，我会冲进他的棚屋，吹熄他的火，让灰尘四处飞扬。呼，呼！”

夜幕降临，辛格比坐在屋里的火堆旁。看这火烧得多旺！底下的一根根木柴那么粗大，烧上整整一个月亮[1]都不会熄灭。

辛格比正在烤鱼。这条鱼是他今天抓的，又大又新鲜，放在炭上一烤，酥软无比，十分美味。辛格比抹了抹嘴，开心地搓着手。他白天走

我的批注

人物剖析

通过描写北风的话语，突出了他脾气暴躁、狂妄的性格特点。

① 这是印第安人的计时说法，因为当时没有钟表，便以月亮的形状由缺变圆所需的时间为计时单位。

了好几里路，现在坐在火边，小腿暖暖的，真是惬意。那些人真傻，他想，冬天才刚开始，鱼这么多，他们竟然离开了。

“他们觉得卡比昂欧卡是个魔法师一样的人物，”他自言自语，“觉得没人可以对抗他。但我觉得他就是个普通人，跟我一样。的确，我比他怕冷，但他可比我怕热。”

这个想法让他很开心，所以他大笑着唱起歌来：

“卡比昂欧卡霜之民，
有本事将我冻成冰。
哪怕你吹到没力气，
靠着火我就不怕你！”

他的心情实在是太好了，以至于都没发现屋子外面的一阵喧嚣。屋外下着鹅毛大雪，雪刚落到地上，马上就被北风卷起，像面粉一样被吹向小屋，不一会儿，小屋就被雪埋了起来。然而厚厚的雪并没有让屋内变得寒冷，反而像一块厚毯子一样，把寒风挡在了外面。

没过多久，卡比昂欧卡就发现自己弄巧成拙，这让他非常生气。他对着小屋的烟囱大吼：“呼，呼！”他的声音是那么狂野可怕，一般人准会被吓到。但辛格比大笑起来。他的小屋里太

人物剖析

通过对比表现了辛格比的自信和乐观。

词句赏析

运用比喻修辞，把厚厚的雪比作毯子，形象生动地表现了雪埋住屋子的景象。

安静了，他正盼着能有点儿声响呢。

辛格比对着北风大喊："你好啊，卡比昂欧卡，吹气的时候当心点儿，别把腮帮子吹破了。"

小屋被大风吹得摇了起来，水牛皮做的门帘被风吹得啪啪作响。

"进来啊，卡比昂欧卡！"辛格比开心地招呼，"进来暖暖身子。外面一定很冷吧。"

听到辛格比这么嘲笑自己，卡比昂欧卡用力撞向门帘，系门帘的鹿皮绳被撞断，北风进入了小屋。他吹出来的风是如此冰冷，在温暖的小屋内形成了一层浓雾。

辛格比假装什么都没看到，依然唱着歌。他站起身，往火堆里扔木柴。这是一根粗大的松木，这根木头特别容易燃烧，一扔进去，火就烧得特别旺，热浪使辛格比不得不往后退了一下。他瞄了一眼卡比昂欧卡，看到的景象让他大笑了起来。

汗水从卡比昂欧卡的额头哗哗地流下，他头发上的白雪与冰凌很快消失了。就好像孩子们堆的雪人在三月温暖的阳光下融化一样，暴躁的老北风也开始融化了？毫无疑问，脾气暴躁的卡比昂欧卡正在融化！他的鼻子和耳朵变得越来越小，他的身体开始变小。如果他在这里再多待一会儿，这个冰原之王就会化为一摊水。

"来火堆边嘛，"辛格比坏坏地说，"你一定

词句赏析

小屋的摇晃和水牛皮门帘的啪啪作响，从侧面反映了北风的威力之大。

情节解析

此处的描写与前文中辛格比说的"他可比我怕热"相呼应。

冻坏了，靠近点儿，烤烤手，暖暖脚。”

然而北风就跟进门的时候一样迅速，从门口逃了出去。

到了外面，寒冷的空气使北风又恢复了活力，他又变得和之前一样愤怒。因为他拿辛格比没办法，所以他把怒气都撒在了身边的一切上。他的踩踏使雪变得异常坚硬，他的呼啸使坚硬的树枝纷纷折断，四处徘徊的狐狸迅速钻回洞中，来回游荡的郊狼赶紧找藏身处躲了起来。

北风又一次来到了辛格比的小屋前，他从烟囱朝里面大吼：“出来！有本事就出来，跟我在雪地里摔跤。我们来比试比试，看谁厉害！”

辛格比仔细思考了一下。“火已经削弱了他的力量，”他自言自语，“我的身体也暖和了，我觉得我一定能打败他。一旦打败了他，他就再也不会来找麻烦了，那样的话我就能在这里想待多久就待多久了。”

人物剖析

通过辛格比的“仔细思考”和“自言自语”，可以看出他与北风的斗争不是莽撞蛮干，而是经过了深思熟虑，分析了双方的情况再做出判断、采取行动，这些描写展现了他的勇敢和智慧。

他跑出小屋，卡比昂欧卡走到他跟前。一场大战开始了。他俩在坚硬的雪地上滚来滚去，双手绞在一起摔跤。

他们比了一整夜，狐狸从洞里钻了出来，围成一圈观看。辛格比的身子因为运动一直很暖和，他能感觉到北风的力量越来越弱，北风的呼吸再也不像以前那样强劲、冰冷，而是变成了虚弱的叹息。

最后，太阳从东方升起，摔跤比赛结束，两个人气喘吁吁地面对面站着。卡比昂欧卡输了，绝望地哀号着转身离去。他向北方一路狂奔，一直跑到了白兔之原，在他奔跑的时候，辛格比的笑声一直萦绕在他的耳边。

只要人们快乐勇敢，就算是狂妄的北风都能够战胜。

主题辨析

这篇神话故事体现了印第安人崇敬自然而不屈从于自然、积极乐观的生活态度。

阅读随记

主题提炼

姓　　名：________
年　　级：________
阅读日期：________

主题就是文章的中心思想，即作者对人、事物的认识和态度，以及由此表现出的情感倾向。在你阅读的故事中，有哪些句子能够体现作者的情感倾向、主要观点或核心思想？请找一找，摘录出来，并试着提炼故事的主题。

故事名称：________

能够体现作者的情感倾向、主要观点或核心思想的句子：

____
____
____
____
____

从中可以提炼出的主题：

____
____
____
____
____

侍神乌鸦

扫码获取音频

引言

我们生活的世界为什么是这样的呢？河水为什么总往一个方向流？鲑鱼为什么总是逆流而上？人死之后为什么不能复生？在印第安神话中，这些都是侍神乌鸦的建议，他为什么要提出这样的建议呢？

很久以前，世界并非如今的模样，一切都是混乱无序的。诸神在决定一些重大事项的时候，常去找栖息在圣树上的鹰神，请鹰神给他们拿主意。侍神乌鸦平时守护在鹰神身边，由于他富有智慧且考虑问题全面，因此在遇到重大事项的时候，鹰神都会参考他的意见。

每一位神都有权在会上发表意见，连同侍神乌鸦，也可以向到会者陈述自己的意见。侍神乌鸦的意见非常得体，因而博得了智者的美誉。

有一次，诸神为一个问题争论不休：河水该向哪个方向流呢？除侍神乌鸦之外，诸神大多认为，河的一头流进山里，另一头则往下流。

诸神决定，所有的河水都应当往下流，然后再倒转过来，以同样的速度往上游流去。

“我们的主意行得通吗？”他们征求鹰神的意见。

“可以，”鹰神答道，“如果河水流向两个方向，那么，即将面世的人类，日子就会很好过。到上游或者去下游都不会费劲，你看怎样？亲爱的侍神乌鸦？”

“我不同意您的看法，”侍神乌鸦反驳道，“如果河水、瀑布倒流，鲑鱼就不可能停下来。如果它以同样的速度往上游或往下游，它实际上就是后退了。那么，它该在哪里产卵呢？人类怎样才能捕获鲑鱼呢？我想，一切河流都只能朝着一个方向流动。”

“侍神乌鸦说得对！”貂神说，“如果河水往两个方向流动，人要逮住鲑鱼就很难了。”

“我认为，一切河流都应该往一个方向流动！”侍神乌鸦重复

说，“而且一切河流的拐弯处，都该有些不大的漩涡。有了这些漩涡，鲑鱼才能游得慢一些。这样，人就可以捉到鲑鱼了。”

“侍神乌鸦说得有道理。”鹰神在树上说。

于是，一切都按侍神乌鸦说的实现了。这就是为什么河水总是往一个方向流的缘故。这也是为什么鲑鱼总是逆流而上，到小河湾里产卵繁殖的缘故。

还有一次，鹰神提出要把克维诺特湖变成草原，让克维诺特河穿过草原流过去。

侍神乌鸦不赞成鹰神的意见：

“这样一来，人们就会养成不劳而获的习惯。人们应当通过劳动来获取他们所需要的一切。要得到卡玛斯蒜块，就应该穿越森林去寻找远方的草原，然后从那里把它运到河边来。”

到头来，克维诺特湖仍然是湖。侍神乌鸦坚持自己的看法，让克维诺特河从山上流出来，注入湖中，然后汇流入海。

又过了一些时候，鹰神在大地上的子民死了，鹰神很难受，找来侍神乌鸦说：“如果人死可以复活，该多好呀！”

侍神乌鸦说：“不成，人死后不能复生，才会更懂得生命的珍贵。”

此后，世间的一切就都按侍神乌鸦的提议运行着。

好词好句

好词摘录

并非　模样　混乱无序

（摘录理由：写出了原来的世界与今天有所不同。）

得体　博得　智者　美誉

（摘录理由：表现了侍神乌鸦意见的正确性和影响力。）

好句摘录

每一位神都有权在会上发表意见，连同侍神乌鸦，也可以向到会者陈述自己的意见。侍神乌鸦的意见非常得体，因而博得了智者的美誉。

（摘录理由：表现了诸神之间地位的平等和言论的自由。）

如果河水、瀑布倒流，鲑鱼就不可能停下来。如果它以同样的速度往上游或往下游，它实际上就是后退了。那么，它该在哪里产卵呢？人类怎样才能捕获鲑鱼呢？我想，一切河流都只能朝着一个方向流动。

（摘录理由：表现出了侍神乌鸦言语中的逻辑性和说服力。）

希腊神话

欧 罗 巴

扫码获取音频

引言

欧罗巴（现今的欧洲）是一块陆地的名字，关于这块陆地的命名有一个传说，这是一个怎样的传说呢？

腓尼基王国的国王阿革诺耳有一个女儿，名叫欧罗巴。一天晚上，欧罗巴做了一个奇怪的梦，她梦见亚细亚大陆和对面不知名的大陆变成了两个女人，这两个女人为争夺她而发生了激烈的争斗。亚细亚温柔而热情地说自己是欧罗巴的母亲。而另外一个陌生的女人一边想要强行将她拉走，一边说："跟我走吧！命运女神指定要你做宙斯的心上人。"

欧罗巴醒来后，感到心慌意乱。梦是如此清晰，就像真的发生了一样。"是哪位天神给了我这个梦呢？那个陌生女人又是谁呢？"欧罗巴想着。

天亮了，欧罗巴和朋友们一起到草地上游

情节解析

开头设置悬念。欧罗巴梦见的这两个女人究竟是谁？她们为何要争夺欧罗巴？这些问题不由得让人产生好奇，引发阅读期待。

玩。草地上开满了各种各样的鲜花，漂亮极了。大家都打扮得很漂亮，欧罗巴穿了一条珍贵的裙子，赛过所有女孩。这条裙子还大有来历呢！据说，这是火神赫菲斯托斯的杰作。海神波塞冬把这条裙子送给了爱人利比亚，后来又传给了他们的儿子阿革诺耳。

巡游人间的宙斯被欧罗巴的美貌打动了，但是他害怕忌妒成性的妻子发怒，不敢用真面目去见欧罗巴。于是，他变成了一头公牛，一头膘肥体壮的公牛。在这之前，宙斯已经吩咐儿子赫尔墨斯去办一件事。

赫尔墨斯听到父亲的吩咐，来到山脚下，把腓尼基国王的牛群赶到海边，赶到欧罗巴采集鲜花的地方。他不知道，父亲此时已经变成一头公牛混在国王的牛群当中了。

宙斯化身为公牛穿过草地，来到了姑娘们面前。大家都称赞它高贵的气质，还伸手抚摸它光滑的牛背。它似乎很通人性，依偎在欧罗巴身旁。开始时，欧罗巴很害怕，后来她看到公牛那么温顺，就大着胆子把鲜花喂给它吃，还在公牛的额头上亲吻了一下。公牛发出欢快的叫声，就像在山谷中回荡的牧笛声。接着，公牛跪下来，示意欧罗巴骑到自己背上。

欧罗巴高兴地呼唤着自己的同伴：“你们快过来，我们可以骑在这头公牛的背上。”欧罗巴

词句赏析

此处通过衬托的手法，写出欧罗巴的美赛过所有女孩，同时突出了她那条裙子的珍贵。

我的批注

爬上了牛背，同伴们却不敢。

公牛达到了目的，于是轻轻地站起，驮着欧罗巴缓慢地走出草地。当公牛看到一片海滩时，它突然加快速度奔跑起来。欧罗巴还没明白是怎么回事，公牛就已经背着她跳进了大海。欧罗巴非常害怕，紧紧地抓着牛角。公牛像一艘海船一样，向大海远处游去。

词句赏析

这句话运用了比喻的修辞手法，公牛像海船一样在大海上远游，说明这不是一头普通的公牛。

第二天傍晚时分，他们登上了一块大陆。公牛把欧罗巴放在一棵树下，然后就消失了。欧罗巴正感到诧异，这时，一个如天神一样俊逸的男子出现了。他自称是这块大陆的主人，如果欧罗巴愿意嫁给他，他可以永远保护她。欧罗巴无可奈何，只好答应他的要求。宙斯的目的达到了，可是第二天早上，化身为英俊男子的宙斯消失了。

欧罗巴被遗弃在这块陌生的大陆，她惊慌失措地看着四周，呼喊着父亲。猛然间，她想起了昨天发生的事情。她感到害怕、迷惑，不禁失声痛哭起来。

人物剖析

惊慌失措、失声痛哭的表情动作，透露出欧罗巴此时的真实心理：害怕、迷茫。

欧罗巴哭完了，开始安慰自己："这会不会只是一场梦？"

欧罗巴揉揉眼睛，眼前还是陌生的树林和汹涌的大海。她明白了，这并不是梦，这是真的。

欧罗巴开始咒骂起来："那头该死的公牛要是再出现在我面前，我一定把它的角折断！"

被命运捉弄的欧罗巴觉得自己只有死路一条。突然，前面传来了低低的嘲笑声。欧罗巴惊讶地抬起头，她看到爱神阿佛洛狄忒站在面前，浑身闪耀着天神的光辉。女神旁边站着她的小儿子爱神厄洛斯，厄洛斯手里举着一张弓，欢呼雀跃着。

阿佛洛狄忒微笑着说："那个梦就是我送给你的。告诉你吧，将你带走的正是宙斯。你现在是宙斯在人间的妻子，这块大陆将以你的名字命名为欧罗巴。"欧罗巴恍然大悟，从此坚强地生活在这块大陆。

主题辨析

这篇神话阐述了欧罗巴大陆（即欧洲）名字的由来。而欧罗巴对命运的无奈和顺从，也提醒世人有时只能接受命运的安排，坚强地生活。

阅读随记

卡德摩斯

扫码获取音频

引言

底比斯是古代一座著名的城市，卡德摩斯是其创建者。卡德摩斯为什么要建造这座城市？在建造这座城市的过程中，他遇到了哪些困难？

卡德摩斯是腓尼基国王阿革诺耳的儿子，欧罗巴的哥哥。欧罗巴被宙斯化身的公牛带走之后，阿革诺耳十分痛苦，他派卡德摩斯和另外三个儿子去寻找她。

卡德摩斯带着仆人出发之后，走了很多地方，但是一直都没有打听到欧罗巴的下落。父亲说过，找不到妹妹就不准回家，所以卡德摩斯不知道该去哪里。无奈之下，他向太阳神阿波罗祈求指引。阿波罗说："你将会遇到一头牛，这头牛会带着你往前走。在它躺下来休息的地方，你可以在那里建造一座城市，并将其命名为底比斯。"

卡德摩斯得到阿波罗的神谕后正准备离开，这时他看到前面的草地上有一头母牛。他向阿波罗表示感谢之后，便跟着母牛向前走去。母牛在凯菲索斯浅滩上岸后就不走了，然后满意地躺在了绿油油的草地上。卡德摩斯激动地跪了下来，亲吻着这片陌生的土地。卡德摩斯想给阿波罗的父亲宙斯一份谢礼，便叫仆人们去取水。

这片土地附近有一片从来没有被砍伐过的古老森林，森林中有一股清泉穿过层层灌木，静静地流淌着。森林里的洞穴中隐藏着一条毒龙，它通红的眼睛好像喷射着熊熊的火焰，口中的三条芯子犹如三叉戟。当卡德摩斯的仆人们走进森林，准备去打水的时候，毒龙突然从洞中探出脑袋，还发出可怕的吼声。仆人们吓得连水罐都拿不稳了，浑身的血液像凝固了一般。毒龙将身子盘成一团，高昂着头，俯视着整片森林。最后，它向仆人们扑过来，仆人们有的被咬死，有的被勒死，有的被毒死，还有的被毒龙喷出的臭气熏死。

仆人们去了那么久还没回来，卡德摩斯很着急，于是起身去寻找。他披着一张狮皮，手里拿着长矛和标枪出发了。一踏进森林，卡德摩斯就发现仆人们已经被毒龙残害。

“可怜的朋友啊！”卡德摩斯痛苦地叫了起来，“我要为你们报仇，否则就跟你们死在一起。”说着，他抓起一块巨大的石头向毒龙砸去，可是毒龙没受到一点儿伤害，因为它身上有一层如同铁甲一样坚硬的鳞片。

卡德摩斯又把标枪狠狠地向毒龙扔去，这次，标枪深深地刺入了毒龙的身体。毒龙疼痛难忍，咬断了标枪，但是枪尖还留在体内。此时毒龙被激怒了，它迅速吐出含有剧毒的白沫，卡德摩斯赶紧用狮皮裹住身体。接着，他用长矛刺进毒龙的口中，并用力抵住长矛，毒龙的牙齿纷纷掉落。最后他提着宝剑，看准时机，一剑朝毒龙的脖子刺去。这一剑又重又狠，不仅刺穿了毒龙的脖子，还刺进了后面一棵大树里。就这样，毒龙终于被杀死了。

卡德摩斯战胜毒龙之后，正准备离开，发现雅典娜从天而降。雅典娜叫卡德摩斯把毒龙的牙齿种在土里，因为这是建造新城市的力量。于是，卡德摩斯按照雅典娜的吩咐，在地上挖出一条长沟，把毒龙的牙齿种进土里。很快，泥土下面开始有动静，首先他看到一杆长矛露出来，又看到了一顶头盔，紧接着是肩膀、胸脯、四肢，最后，一名全副武装的武士从土里冒了出来。不一会儿，地里就长出了一整队武士。

卡德摩斯非常吃惊，赶紧进入备战状态，准备随时应对进攻。这时，有一个武士对卡德摩斯喊了起来：“别加入我们兄弟之间的战争！”这些武士互相争斗，最后只剩下五个人，其中一人后来取名为厄喀翁，他最先听从了雅典娜的建议，放下武器，愿意和解。其他人也跟着效仿。

卡德摩斯在这五名武士的帮助下建造了一座新城市，根据太阳神阿波罗的神谕，他把这座城市命名为底比斯。

扫码获取音频

酒神与弥达斯国王

引言

弥达斯国王热衷于追求财富，他渴望得到大量黄金，他和酒神之间发生了什么故事呢？

人物剖析

故事开头介绍了酒神狄俄尼索斯的特征：酿酒技术高超，慷慨大方，与人为善。

情节解析

酒神提出满足弥达斯国王的一个愿望，是为了回报对方的好意，从而引出了下文的神奇故事。

酒神狄俄尼索斯会酿造葡萄酒，每次四处游玩的时候，他就向沿途的人们传授酿酒技术。人们为了感激他，常常拿出美酒招待他，酒神和随从们每次都尽情享用。

一次，酒神外出游玩时，随从中的一位老人喝醉了。老人路过一个葡萄园的时候，想躺下来歇会儿，结果不知不觉睡着了。酒神一行人没注意到老人掉队，继续往前走去。

葡萄园的主人发现了老人后，赶紧报告国王弥达斯。弥达斯国王派手下将老人请到了王宫，还准备了豪华宴会招待了他十天十夜。第十一天早上，弥达斯国王把他送回了酒神那里。

酒神看到弥达斯国王把老人送了回来，十分高兴。于是酒神对弥达斯国王说：“为了感谢你，我可以满足你一个愿望。”

弥达斯国王早就想好了愿望，他说：“我希

望我的手触摸到的每一件东西都变成金子。”酒神听了后很不高兴，但还是满足了他的愿望。

弥达斯国王回去之后，想试试酒神的话是不是真的，他随手折了一根树枝，树枝马上变得金光闪闪。他又捡起一块石头，石头马上也变成了金子。他伸手摘树上的苹果，掐地里的麦穗……他的手触摸过的任何东西都变成了金子。

弥达斯国王高兴得手舞足蹈，他回到王宫换衣服，衣服变成了金衣服；洗手的时候，水盆变成了金盆。后来，他拿起勺子，勺子变成了金子；拿起面包，面包也变成了金子，他饿得头晕眼花。这个时候，他才意识到自己的想法多么愚蠢。他为自己的贪心而后悔，于是绝望地用手拍打自己的脑门，没想到，连脸也变成了金子。他害怕极了，赶紧找到酒神，请求酒神让自己恢复正常的生活。

酒神看他可怜巴巴的样子，就对他说：“去帕克托罗斯清泉，把头发浸在泉水里冲洗就可以了。”

弥达斯国王来到帕克托罗斯泉水边，按照酒神的吩咐，把头发浸在泉水里冲洗，终于把魔力洗掉了。从那以后，魔力转移到了泉水里，帕克托罗斯泉水附近的沙子里就留下了无数小小的金粒。

情节解析

这段话以树枝和石头变成金子证明酒神实现了弥达斯国王的愿望，结尾一句为下文情节埋下了伏笔。

主题辨析

这个故事启发我们不要过度追求财富，要通过自己的努力正当地获得财富。

扫码获取音频

伊阿宋智取金羊毛

引言

埃宋的王位被弟弟珀利阿斯夺去了，埃宋的儿子伊阿宋决定找叔叔报仇。叔叔为了阻止伊阿宋复仇，采取了哪些手段？伊阿宋最终的结局如何呢？

据说，在黑海沿岸，一个叫科尔喀斯的地方有一件稀世珍宝——金羊毛。大家都想得到它，但是没有一个人成功，很多人甚至连金羊毛的影子都没有见到，就倒在了寻宝的路上。

尽管如此，还是有人想夺取金羊毛，伊阿宋就是其中一个。不过，他有点儿与众不同。

原来，伊阿宋是国王埃宋的儿子。埃宋是一位贤明的君主，在他的统治下，人民安居乐业。然而没多久，埃宋的弟弟珀利阿斯篡夺了王位，还把埃宋父子赶出了希腊。

埃宋带着伊阿宋四处流浪，苦苦寻找报仇的机会。后来，他找到了喀戎。

喀戎是当时著名的政治家，很多杰出的人物都出自他门下。喀戎被小伊阿宋眼中的英气和不幸的遭遇打动，于是，他决定尽自己平生所学，将伊阿宋培养成才。

经过二十年的艰苦求学，伊阿宋学会了琴棋书画、诗词歌赋、骑马射箭。喀戎按照希腊人眼中的英雄形象来培养伊阿宋，伊阿宋也不负众望，从淘气的小王子变成了英姿勃勃的勇士。他手持长矛，身披豹皮，长发垂肩，很有英雄气概，连珀利阿斯都被深深震撼了。

这时，一个狠毒的念头从珀利阿斯心底冒出，他对伊阿宋说：“你听过金羊毛的故事吧？这个世界上有那么多自称英雄的人为了它失去生命，但是我相信你才是真正的英雄。只要你能够取回金羊毛，我心甘情愿让出王位。”

伊阿宋接受了挑战。为了完成任务，伊阿宋找来几位同窗好友，他们个个都是顶天立地的男子汉，每个人都身怀绝世武功。

在智慧女神雅典娜的帮助下，希腊最优秀的船匠为他们打造了一艘大船。这艘船能容纳五十个桨手，在海上航行永远都不会腐烂。他们给船取名为“阿尔戈号”，意思是“轻快的船”。据说，这是希腊人驶向大海的第一艘大船。

这一天，天气很好，“阿尔戈号”出发了。很快，它就消失在了人们的视线中。

他们经历了重重磨难，最终到达了科尔喀斯。

伊阿宋一行人到达科尔喀斯之后，马上带着象征和平的橄榄枝来觐见国王埃厄忒斯。

伊阿宋并不隐瞒自己此行的目的，国王听后，哈哈大笑：“年轻人，我佩服你的坦诚，但是金羊毛是我们的传国之宝，怎么能随便交给别人呢！如果你真的很想得到这件宝物，就必须答应我两个要求。”

“您说吧，为了报仇，我什么都愿意做。”伊阿宋坚定地说。

“第一，我有两头神牛，它们的蹄子是铜的，鼻子能喷火。黎明的时候，我会驾着它去耕地，然后洒下毒龙的牙齿。到了晚上，我会收获一批凶恶的武士，当他们向我拥来时，我会用剑将他们杀死。这是我常做的一件事，你能做到吗？”国王停顿了一下，继续说道，“第二，金羊毛挂在树林里，由一条毒龙看守着。你必须制服它。”

国王说完，心里暗自发笑，这是谁也做不到的事情，不然金羊毛怎么能够稳如磐石呢？伊阿宋心里没底，但是既然国王说了，就一定要做到。

回到住所，大家都心事重重。这时，国王的女儿美狄亚来了。原来，刚才国王会见伊阿宋等人时，美狄亚也在场。她被伊阿宋的气概征服，因此她要不惜一切代价帮助伊阿宋夺取金羊毛。

第二天早晨，伊阿宋用美狄亚送来的药涂遍全身，他马上感觉全身充满了力量。他握紧同样涂过药的剑和盾牌，威武地迎接战斗的到来。

这时，国王和他的臣民们过来了，他们脸上带着得意的神情。

伊阿宋环顾四周，发现不远处放着一把大铁犁。紧接着，远处传来两声怒吼，转眼间，两头神牛已经来到了伊阿宋面前。它们的鼻孔喷出火来，铜蹄踏着地面，大地都震颤了。

大家都吓坏了，只有伊阿宋镇定自若。他在两头牛之间周旋，不一会儿，神牛的动作缓和了下来。就在这个空隙，伊阿宋猛地一扑，一把抓住牛角，将它们拖到了铁犁旁边。伊阿宋朝着神牛猛踢了两脚，神牛跪了下来。紧接着，伊阿宋将铁犁套在了它们身上，继而拿起长矛，像鞭子一样抽打神牛，神牛狂怒着向前奔去，身后犁出了深深的沟壑。

伊阿宋播撒了毒龙的牙齿，到了晚上，田里长出了一批凶恶的武士。伊阿宋举起一块石头，朝他们扔去，武士以为是队伍中出现了叛徒，于是开始互相残杀。这时，伊阿宋像流星一样冲入武士当中，用剑杀死了所有的武士。伊阿宋完成了国王要求的第一件事。

伊阿宋知道，就算明天制服了毒龙，国王也不会轻易让他带走金羊毛，于是他提议今天晚上就去盗取金羊毛。大家纷纷请战，但是伊阿宋只叫美狄亚和俄耳甫斯与自己同行。

晚上，伊阿宋带着宝剑，俄耳甫斯拿着他那神奇的七弦琴，随着美狄亚出发了。他们走过崎岖的小路，来到了一棵高大的橡树下面。橡树顶上金光闪闪，原来那就是金羊毛。那条巨大的毒龙看见有人来了，吐出了钢叉似的舌头。

“俄耳甫斯，快弹你的七弦琴！”

听到美狄亚的话语，俄耳甫斯赶紧弹奏起七弦琴。悠扬的琴音和着他嘹亮的歌声在林中飘荡，一切好像都静止了，连毒龙也垂下了头，那对眼睛也慢慢地闭上了。

时机已到，伊阿宋冲上去，踩着毒龙的身体攀上了树梢，取下了金羊毛。他们三人赶紧向海边跑去。大家已经张好帆，支好桨，待他们一上船就割断了绳索，“阿尔戈号”返航了。

路上，他们躲过了国王的追杀，经历了艰难险阻，最后终于平安返回了希腊。

宙斯也被他们的壮举感动了，他把金羊毛和“阿尔戈号”海船提升到了天界，变成了白羊座和南船座，而看管金羊毛的毒龙变成了天龙座。

扫码获取音频

雅典名字的由来

引言

希腊半岛在蛇身人塞克罗普斯的治理下，变得人口众多，繁华富裕，但那时这个地方还不叫“雅典”，那么它是何时被命名为“雅典”的呢？

我的批注

很久以前，希腊半岛上人烟稀少，只有少数几个人住在山洞里。后来，一个叫塞克罗普斯的蛇身人来到了这里，他教人们耕种、烹调和缝制衣服，还让他们修养品德，信仰神明。从那时起，希腊半岛上人们的生活开始变得富足，为了感激塞克罗普斯，人们拥戴他为国王。

后来，海神波塞冬和智慧女神雅典娜来到了这里。他们都希望自己被这个地方的人们所敬仰。

海神波塞冬说：“只要你们把我当作守护神，用我的名字给这座城市命名，我就会赐给你们很多金银财宝。”

大家拍手叫好。这时，雅典娜说：“如果你们拥护我，我可以赐给你们宝贵的智慧。”

这时，大家为难了，到底用谁的名字来为这

座城市命名呢？大家讨论了一番，终于商量出一个结果来：请他们两位比赛，看谁的本领好，就拥护谁。

两位天神使出浑身解数表演自己的绝活。

首先是波塞冬表演，他举起一根三叉戟，向远处掷去，远处立刻跑来了几匹白马。波塞冬说：“这是世界上最好的马，我把它们送给你们。”

可是这里的人根本就没有见过马，不认为这是什么宝贝。

轮到雅典娜了，她拿着一支长枪往地上一戳，地上马上长出一棵橄榄树。人们认为橄榄树是宝贝，于是就用雅典娜的名字给这座城市命名。这就是希腊的首都雅典名字的由来。

后来，雅典娜赐给雅典人民宝贵的智慧，使雅典成为世界上拥有非凡智慧的城市之一，雅典人民创造了辉煌的希腊文明。

至于波塞冬送的白马，最初的确让他们伤透脑筋。但是，聪明的雅典娜教会了雅典人驯服这些马，并教他们制造各种马具，让他们不但学会了骑马，还学会用马拉战车。从那个时候开始，原本似乎没有用途的马成了人们的得力助手。

词句赏析

“浑身解数”是指全部的本领。“绝活”是最擅长而有特色的本领。从这句话可以看出，两位天神为了达到目的都是不遗余力的。

主题辨析

智慧使雅典人民创造了非凡的文明，这个神话赞颂的是拥有非凡智慧的雅典人，以及他们创造的辉煌文明。

北欧神话

扫码获取音频

光明之神巴德尔之死

引言

在北欧神话中，神同人类一样有善有恶，有生有死。众神之王奥丁也阻挡不了火神洛基对光明之神巴德尔的谋害。洛基是用什么手段杀死巴德尔的呢？他的恶行又会使神界发生怎样的改变呢？

奥丁是北欧神话中阿萨神族的至高神——众神之王。他和妻子弗丽嘉生育了很多孩子，其中有一对双胞胎是黑暗之神霍德尔和光明之神巴德尔。

霍德尔生下来就双目失明，喜欢独自躲在黑暗的角落里，所有人都说他性格阴沉、冷漠。

巴德尔外表俊美，总是面带微笑，是一个很有亲和力的神。他温和、纯真，让人一见到他就会把烦恼都抛到脑后。他被世人所喜爱，只有火神洛基不喜欢他。因为人们需要点火照明的时候便会想起火神洛基，而当光明之神巴德尔到来

词句赏析

这是个转折句，承上启下，对下面引出的另一个人物（火神洛基）起到了突出强调的作用。

时，人们便不需要火神了。因此，洛基十分嫉恨巴德尔，总想找个机会除掉他。

一天，巴德尔做了一个噩梦，梦醒后他变得闷闷不乐、心事重重，那双曾经熠熠发光的眼睛逐渐黯淡无光，走路的脚步也变得沉重了。

奥丁和弗丽嘉觉察到了巴德尔的异常，问他发生了什么事。巴德尔将噩梦告诉了他们。奥丁

词句赏析

熠熠发光与黯淡无光是一对反义词。"熠熠"形容闪耀发光。"黯淡"形容阴暗的样子，也可以指心情低落。

和弗丽嘉猜测巴德尔的生命即将受到威胁，于是决定分头行动，找到解救巴德尔的办法。

奥丁来到了冥界，这里的街道张灯结彩，传说宫殿中正准备着筵席，要迎接一位贵客。奥丁径直来到预言家瓦拉的墓地，念起咒语。他希望能从瓦拉这里探听到一些消息。

瓦拉从长眠中醒来后，奥丁问道："宫殿中大摆筵席是为了招待哪位贵客？"

瓦拉说："光明之神巴德尔，他很快就会来冥界长眠了。"

奥丁大吃一惊，说："为什么？是谁杀死他的？"

瓦拉回答道："杀死他的是黑暗之神霍德尔。"

"霍德尔是巴德尔的兄弟，为什么要杀死他呢？"奥丁继续追问道，"霍德尔双目失明，他是怎么杀死巴德尔的呢？是否有人指使、协助霍德尔？"

瓦拉没有回答奥丁的问题，她不能泄露更多的秘密，免得眼前的众神之王破坏冥界的安排。于是她说："这是巴德尔的命运，任谁也改变不了。众神之王，你回去吧。"

奥丁见瓦拉已经猜到他的身份，却仍然不愿意回答他的疑问，只好怀揣着巴德尔必死的秘密，悻悻而归。

在奥丁去往冥界的时候，弗丽嘉先是召集诸

情节解析

对街道的描写与瓦拉和奥丁的对话描写，为巴德尔遇害埋下了伏笔，同时也制造了悬念：巴德尔到底是怎么死的呢？

词句赏析

"悻悻"形容没有达到目的而很失落的样子，也可以表示因为怨恨而愤怒的样子。"悻悻而归"写出了奥丁探听秘密失败后失望的样子。

神，要求他们立誓永远不会伤害巴德尔，又派侍女奔赴四面八方，要求世间万物也立下同样的誓言。世间万物本就喜欢英俊、温和的巴德尔，于是都毫不犹豫地宣誓决不伤害巴德尔。可是，神殿外的一棵橡树上长了一株稚嫩、不起眼的槲寄生，侍女匆忙之中忘记了让它发誓。

弗丽嘉察觉到侍女的失误后训斥了侍女。可是，弗丽嘉认为这样一株柔弱的植物，是无法对巴德尔构成伤害的，便放过了它。

一天，洛基假惺惺地对侍女说："太好啦，世间万物都已经立下誓言，没有什么可以伤害到我们伟大的光明之神巴德尔了，是吧？"

侍女说："诸神和世间万物都已立下誓言，只有神殿外那株槲寄生被我忘记了。可是，它那么小，那么嫩，应该不会伤害到巴德尔的。"

于是，别有用心的洛基偷偷地从神殿外采了槲寄生回来，对角落里的黑暗之神霍德尔说："亲爱的霍德尔，大家都在殿上玩儿，你为什么不参加呢？"

霍德尔忧郁地说："我没兴趣。"

洛基将那株槲寄生放到霍德尔的手中，说："这是我刚从神殿外采回来的槲寄生，你扔一下，让我看看能扔多远。"

霍德尔"哼"了一声，随手将槲寄生扔开。槲寄生在被扔出去的瞬间，变成了又粗又硬的小

情节解析

此处侍女的疏忽为下文埋下伏笔。

人物剖析

洛基假意夸赞巴德尔，实际上在套侍女的话，以此找到谋害巴德尔的办法，这表现了他的阴险狡诈。

我的批注

棒子，径直向远处的巴德尔飞去。

巴德尔的脸上挂着神秘、迷人的微笑，他毫无防备地看着这条小棒子。没想到，小棒子越飞越快，挟带着风声，狠狠地戳中了巴德尔的要害。巴德尔都没来得及哼一声，就面带微笑地死去了。光明之神巴德尔的死让神界陷入了黄昏。

诸神对作恶多端的洛基早已不满，将他囚禁了起来。但洛基联合了一切恶神，在神界掀起了一场血雨腥风的战争。最终，以奥丁的儿子破晓之神海姆达尔与洛基同归于尽才结束了这一场恶战，但神界也同时被摧毁了。

当第二代诸神重生后，光明之神巴德尔与黑暗之神霍德尔从冥界重返神界。由此，世界上白天与黑夜交替，巴德尔还是那副永远微笑的样子，给世人带来温暖与平和。

洛基的恶作剧和打赌

扫码获取音频

引言

火神洛基是北欧神话中的恶作剧之神、谎言与诡计之神，虽然聪明机智、富有创意，但个性奸诈狡猾，为人诡谲，常出言不逊。他是一个多面性的角色，反映了远古的北欧人对人内心复杂性的思考。这次他又对谁制造了什么恶作剧？他和其他神祇的打赌是赢了还是输了呢？

雷神托尔的妻子西芙女神美丽而善良，特别值得称道的是她有一头金色的长发，她的长发闪耀着比金子还要美丽的光泽。西芙女神为此感到非常自豪，经常坐在花园中梳理那一头金发，这让火神洛基生出了恶作剧的念头。

有一天，顽劣的洛基竟在西芙睡觉的时候，把她引以为傲的一头金发剪得一干二净。洛基的恶作剧使得西芙非常悲伤，也给洛基自己带来了不小的麻烦。因为就在西芙嘤嘤哭泣的时候，雷神托尔回到了家中。托尔马上知道这是洛基干的坏事，他一个箭步冲出家门，抓住了洛基，将他暴打一顿，准备把他的骨头一根一根地拆下来。洛基被托尔抓在手中，他感到疼痛彻骨，只能拼命地求饶。他发誓去侏儒国找能工巧匠，为西芙打造一副一模一样的金子头发，而且要能够像真的头发一样生长。

为了西芙的美丽，托尔考虑暂时饶过洛基，让他去找他所声称的金子头发。但托尔也没有忘记提醒洛基，如果找不到的话，洛基的骨头就会被拆得七零八落。

在大地下面的侏儒国里，许多侏儒居住在岩石洞穴里和黑色的泥土下面。他们都是出名的能工巧匠，特别善于用金子打造各种各样精巧而神奇的宝物。其中最负盛名的是老侏儒伊凡尔第和他的儿子们，他们是所有侏儒中最有才华的匠人。伊凡尔第的女儿是阿斯加德（阿萨神族居住的地方）里的青春女神伊敦，掌管着重要的神物——青春苹果。所以，伊凡尔第一家的侏儒们和阿斯加德的众神有着密不可分的良好关系。

当洛基急急忙忙来到侏儒国时，伊凡尔第留守在家的儿子们非常客气地在大作坊里接待了他，并且满足了他的要求。当洛基离开大作坊时，他不仅如愿以偿地得到了会像真的头发一样生长的金子头发，而且还带上了侏儒们送给奥丁的一柄长矛和送给弗雷的一条能折叠起来的神船。兴高采烈的洛基走出大作坊不远，迎面碰上了伊凡尔第的另一个儿子布洛克。他不禁得意扬扬地吹嘘起手中的三件宝物，并且对布洛克说："据说伊凡尔第的儿子里面以你的哥哥辛德里名气最大。你看看我手中的这三件宝物，铁匠辛德里再有本事，恐怕也做不出和这些宝物一样神奇的东西来吧！"

"做得出来又如何呢？"布洛克显得对他的哥哥充满信心，反问洛基。

洛基于是信口开河地同布洛克打赌，如果铁匠辛德里能够打造出和这三样宝物同样神奇的东西，洛基就把自己的头颅奉送给他。

两个人随即来到了辛德里的石洞作坊，和他说明了原委。辛德里是个少言寡语的人，在听完他们打赌的事后，点了一下头就开始工作了。他不慌不忙地拿起一块猪皮扔进熔炼炉中，然后转身走出了石洞作坊。在出门之前，他吩咐布洛克要不断地拉动风箱，在他回来之前绝对不能中断，以便让炉膛中的烈火始终熊熊燃烧。

辛德里一离开石洞作坊，洛基就变成一只凶恶的飞虫，飞到布洛克正在牵动风箱的手上，并且狠狠地咬着他手上的皮肤。但是布洛克牢记着辛德里的吩咐，不管飞虫咬得多凶，也不停下拉风箱的工作，熔炼炉中始终火光熊熊。很快，辛德里回到了石洞作坊，他从炉中取出了一头山猪。山猪全身的鬃毛都是金子做的，闪着灿烂的金光。接着，辛德里又往炉子里扔了一块金子，在转身走出石洞作坊前，嘱咐布洛克一定要在他回来之前不断地拉动风箱。

洛基看到辛德里居然轻轻松松地把一块破猪皮炼成了一头带金鬃的神秘野猪，开始为自己的头颅担心起来。于是，辛德里一出门，洛基又变成一只飞虫飞到了布洛克的脖子上，开始恶狠狠地咬他。布洛克一心一意地拉着风箱，虽然脖子被飞虫咬得疼痛难忍，但还是坚持着不停手，一直到辛德里又一次回到石洞作坊。这一次，辛德里从炉中取出了一个闪闪发光的金手镯。

最后，辛德里把一块生铁放进了烈焰之中，再次神秘地走出了石洞作坊。洛基为了保住自己的头颅，这次变成了一只又大又凶的飞虫，停在了布洛克的眉眼之间。这只飞虫为了干扰布洛克拉风箱的工作，毫不留情地叮咬他眉眼之间的皮肉。布洛克强忍着痛楚，一刻不停地拉动风箱。鲜血从伤口流出来，糊住了他的双眼，他几乎什么都看不见了。布洛克在忍无可忍的情况下，抬手擦了一下眼睛，想赶走这只可恶的飞虫。就在他抬手的那一瞬间，炉膛中的火焰骤然变得微弱下来。此刻，辛德里正好回到了石洞作坊。

尽管是在熔炼快要完成时火势才减弱了一下，侏儒国中最有名的工匠辛德里对他的弟弟还是十分不满的，大声责骂布洛克不该停下拉风箱的手而去驱赶什么见鬼的飞虫。

这一次，辛德里从炉膛中取出了一把铁锤。锤子并不精巧，却显得十分结实。辛德里把铁锤、金手镯和金鬃山猪一并交给了布洛克，让布洛克带着它们和洛基同去阿斯加德，由奥丁、托尔和弗雷三位神祇来评判它们和洛基手中的三件宝物相比孰优孰劣。

洛基和布洛克到了阿斯加德时，众神恰好在奥丁的宫殿里聚集。洛基首先将金子头发交给了托尔。假发戴在西芙头上，不仅看上去同真的头发完全一样，而且使西芙更加美丽和光彩照人。托尔因此感到相当满意，暂时也就不准备拆卸洛基的骨头了。洛基又向奥丁献上了侏儒们为他打造的长矛。这杆长矛是全世界最锐利的武器，任何盾牌都无法抵挡，而且一旦投掷出手，绝不会错过目标。洛基又把神船交给了弗雷，从此以后弗雷就有了一条折叠后能放在口袋中，而打开又能容下千军万马的宝船。

接着，布洛克上前献出了他的宝物。他首先送给奥丁的是那个闪闪发光的金手镯。这个看似普通的金手镯几乎是一个聚宝盆，它每隔九个晚上就能生出八个一模一样的金手镯，奥丁高兴地接过了手镯。然后，布洛克向弗雷献上了金鬃山猪。这只金鬃山猪能够日日夜夜地奔驰，不仅能够跨越崇山峻岭，还能够飞越海洋和湖泊。在黑夜中骑着它奔驰时，它头上的金鬃会发出亮光，把道路照得如同白昼。最后，布洛克把那把铁锤交给了托尔，并且告诉托尔说，这把铁锤是天地间最有力的武器，当托尔用力把它掷向目标时，任何东西都将不堪一击。而无论托尔把它掷得多远，在击中目标后，它都会自动飞回托尔的手中。和弗雷的宝船一样，托尔的这把铁锤也可以变得很小，小到足以藏匿在他的胸口而不被敌人发现。但是，由于在熔炼的最后阶段洛基用计干扰了布洛克拉风箱的工作，这把铁锤有了一个小小的缺陷，那就是它的把柄略短了一点儿，但幸亏并不影响它发挥威力。

经过讨论，奥丁、托尔和弗雷三位阿萨神一致认为，在所有的宝物中，以辛德里兄弟送给托尔的铁锤最为杰出，因为每天和巨人们进行战斗的阿萨神正好需要这样一件有力的武器。雷神托尔有了这样一把铁锤，恰如猛虎添翼，不仅能够有效地保卫神国和人间，而且能大大地提高阿斯加德的声望。

由于除了铁锤，其他的都是巧夺天工的宝物，难以分出高下，阿斯加德的三位领袖最后宣布洛基和辛德里兄弟之间的打赌，辛德里兄弟为胜者。洛基应以打赌时的诺言为信，向他们交付打赌之物。

三位阿萨神这样轻而易举地就把他的头颅判给了辛德里兄弟，洛基对此并不感到吃惊。比起这三位来，其他的阿萨神想找机会整治他的心情也许还要迫切得多。机智善变的洛基面不改色地开始和布洛克商榷，要用金银财宝来赎回他的头颅。他揣度金银财宝对贪财的侏儒国人来说，要比拿走他的头颅实惠得多。但是让变成飞虫的洛基咬得头破血流的布洛克却一口拒绝了他的建议，非要取下洛基的头颅不可。

洛基一看不妙，三十六计走为上，他仗着有一双日行千里的神行鞋，拔腿就跑。不料，受了辛德里兄弟好处的托尔大义凛然地把他抓了回来，口口声声说要维持公道。

上天无路、入地无门之际，洛基又心生一计。他说他的头颅看来是保不住了，也就只能由着他们割去。不过，打赌的时候他可没有说连脖子也一并赌上。所以，在这么多主持公道的神面前，布洛克倘若真的要割他的头颅的话，切不可把他的脖子割走一星半点儿。

布洛克自然没有办法只割走洛基的头颅而不牵连一点儿他脖子上的皮肉。因此，持刀的布洛克就准备把洛基这张花言巧语的嘴巴割成许多碎片，从此不许他胡说八道。但是，也许是洛基的嘴唇太厚的缘故，竟切不动他的嘴唇。布洛克无奈叹道，如果他手里有辛德里的小尖钻就好了，可以钻透这两片厚厚的嘴唇。他的话音刚落，辛德里的尖钻已经扎在了洛基的嘴唇上。布洛克于是就用这尖钻扎洞，一针一线地把洛基的嘴唇缝了起来。

洛基的这次恶作剧和打赌，让西芙难过了一场，洛基自己也受了一些皮肉之苦，却给阿斯加德带来了许多无价之宝。因此，当众人散尽，洛基用牙咬开缝着嘴唇的丝线后，他离去的步子看上去竟还有点儿得意扬扬。

阅读随记

阅读报告

姓　　名：________
年　　级：________
阅读日期：________

这本书的书名是什么？作者（编者）是谁？

阅读这本书，你大概用了多长时间？你是怎么安排阅读计划的？

这本书共有几个故事？故事的主人公都有谁？

你最喜欢这本书中的哪个故事？简要复述一下故事梗概。

这本书里的哪个主人公给你留下的印象最深？为什么？

读完这本书，你明白了什么道理，抑或学到了什么新知识？

你会把这本书推荐给你的朋友吗？如果会，你又会怎么推荐呢？

最高推荐指数是五颗星，你会给这本书打几颗星？

☆ ☆ ☆ ☆ ☆

阅读心得

《世界神话与传说故事》读后感

《世界神话与传说故事》这本书收录了世界各地的神话故事，很多故事都十分精彩，读后使人获益匪浅。

中国神话《盘古开天辟地》，反映了中国古代先民对自身生活着的世界的一种思考。“世界从何而来？”“万物从何而来？”面对这些问题，远古先民用丰富的想象力，给出了独到的解释。读过《伏羲教打鱼》《炎帝的诞生》，我们可以了解到，中国古代先民怎样在伏羲、炎帝等领袖人物的带领下，从人类文明的蒙昧状态，一步步走向智慧与光明。这些故事不仅是对传说中伟大人物不朽事迹的歌颂，也是对人类文化历史发展历程的一种记录。而《夸父追日》则通过极富夸张的想象力，表达了我们的先祖对于自然的一种征服与支配的愿望。

书中收录的日本神话《富士山的传说》，通过日本古代先民对富士山的想象，塑造了美丽可爱的山竹子形象，也表达了日本古代先民对幸福生活和美好爱情的渴望与追求，是自然传说与爱情故事的完美融合。

书中收录的印第安神话《印第安人的诞生》，是印第安人关于人类自身起源问题的极富想象力的一种解释。而《辛格比捉弄老北风》《侍神乌鸦》，则反映了印第安人在处理人与自然的关系时的生活态度和独特智慧。

书中收录的北欧神话《洛基的恶作剧和打赌》，不仅有对神话人物外表的描述与介绍，同时也展示了北欧古老的冶金工艺。假发、长矛、神船、铁锤、金手镯和金鬃山猪等，侧面反映和记录了当时的冶金技术的发达。

书中还有许多精彩之处，只有深入阅读，积极思考，我们才能慢慢体会到这些神话传说故事的魅力。

核心素养阅读任务

阅读任务一：整本书阅读

1 看到《世界神话与传说故事》这个标题，你有怎样的疑问或思考呢？

____

____

____

2 请你读一读下面三个选段，回答问题。

（1）下面这个选段出自哪个故事？

进来的是一个乞丐，他想要一点儿面包吃。老人仔细地看了看面包箱之后对用人说："把我的面包给他吧，他比我年龄大，比我更需要面包，他甚至连一个遮风挡雨的地方都没有啊！但愿布拉赫玛保佑我们。"用人面带愠色，拿了一个面包递给那个乞丐，乞丐向他们祝福后走了。

七天之后，剩下的面包更少了，那个乞丐又来要东西。老人沉思片刻后对用人说："你可以把你的面包给他，如果你帮助不幸的人，布拉赫玛一定会赐福给你的。"

____

（2）下面这个故事的主人公是谁？

阿拉丁在非洲找到了公主和城堡，但是没办法拿回那一盏油灯，因为法师不管到哪儿去，都把油灯带在身上。公主想到了一个主意，说："这个坏人想要我嫁给他，我一直没答应他。我假装对他好，跳舞给他看，再趁机把他灌醉。这样我们就可以拿到油灯了。"

（3）这个选段来自哪个地区的哪个神话传说？

很久以前，世界并非如今的模样，一切都是混乱无序的。诸神在决定一些重大事项的时候，常去找栖息在圣树上的鹰神，请鹰神给他们拿主意。侍神乌鸦平时守护在鹰神身边，由于他富有智慧且考虑问题全面，因此在遇到重大事项的时候，鹰神都会参考他的意见。

每一位神都有权在会上发表意见，连同侍神乌鸦，也可以向到会者陈述自己的意见。侍神乌鸦的意见非常得体，因而博得了智者的美誉。

3 读完《富士山的传说》，回答下面的问题。

（1）请你用自己的话说一说《富士山的传说》这个故事主要讲了什么。

（2）你认为怎样才能讲好一个故事呢？

（3）这个故事不仅刻画了许多有个性的人物，还有很多非常神奇、有趣的情节。请你说一说故事中的哪个情节让你印象最深刻，并完成表格。

人物	经典片段
道太	
山竹子	
铁匠	

阅读任务二：思辨性阅读与表达

1. 读过《夸父追日》后，有人觉得夸父很勇敢，有人却觉得夸父的做法没有意义，你是怎么想的呢？请说明理由。

2. （1）读完《辛格比捉弄老北风》，了不起的辛格比给你留下了怎样的印象？你又收获了怎样的道理呢？请你用简练的话语写下来。

辛格比形象卡

这是一个________________的英雄。

我收获的道理是：________________

____

____

（2）生活中，你有没有遇到过类似辛格比身上发生的事情？通过阅读这篇神话故事，你有什么收获呢？

____

____

阅读任务三：文学阅读与创意表达

1《吉尔伽美什》这个故事中出现了许多人物，你对谁的印象最深刻呢？请你填写下面的人物名片。

人物名片

姓名：________________

性格特点：________________

故事：________________

____

____

2 （1）《酒神与弥达斯国王》这个故事中最有趣的情节是酒神答应了国王的愿望后，国王用手触碰到的所有东西都变成了金子。下面，请你发挥想象，想一想除了故事里国王碰到的那几件东西，还有哪些东西会变成金子呢？

____

____

（2）看到这么多东西都变成了金子，你想对国王说什么？如果你是国王，你希望酒神帮你实现怎样的愿望呢？

我想对国王说：

我希望酒神帮我实现的愿望：

（北京市东城区灯市口小学　郭奇峰 / 撰写）

参考答案

阅读任务一：整本书阅读

1 示例一：这本书包含哪些国家或地区的神话与传说故事？

示例二：有没有中国的神话故事？有没有非洲的神话故事？有没有日本的神话故事？

示例三：有没有关于人类起源的神话故事？有没有追求长生不老的神话故事？

2 （1）选段出自《面包树》。

（2）这个故事的主人公是阿拉丁。

（3）这是印第安神话《侍神乌鸦》。

3 （1）示例：很久以前，有一个靠编竹子为生的老头儿，收养了一个从月宫来的拇指大的姑娘，给她起名叫山竹子，并把她当作自己的女儿。山竹子长大了，到了谈婚论嫁的年龄，有三个王子陆续来求亲，但她和铁匠情投意合。山竹子给王子们出了难题，王子们试图用谎言骗取山竹子的信任。铁匠戳破了他们的谎言，最后山竹子选择了勤劳朴实的铁匠。然而他们的爱情受到月神的阻挠，铁匠和山竹子先后跳进了一座山的裂缝中。有人说他们没有死，而是生活在地下的宫殿里，每当他们生火做饭的时候，山的裂缝中就会喷出火焰，升起袅袅炊烟。从此以后，人们就把这座山叫作富士山，意思是不死的山。

（2）讲述者要完整地讲述故事的起因、经过、结果，抓住故事中最重要、最吸引人的情节，还要讲得生动。

（3）示例：

人物	经典片段
道太	道太吓得面如土色，连忙跪下来求饶："您就饶了我吧，海龙王，是我愚昧无知，说错了话。"
山竹子	山竹子幸福地笑着对铁匠说："这些显贵的王子表面上衣冠楚楚，其实都是胆小鬼和骗子。你是一个心灵手巧、诚实勤劳的人，让我们一起生活吧！"
铁匠	铁匠无计可施，悲痛欲绝。他拿铁锤用力地敲打着山头，发泄心中的愤怒。

阅读任务二：思辨性阅读与表达

1 示例：

反方：我觉得夸父是个不自量力的人，他这样做的结果，不是被累死，就是被太阳烤死！夸父作为部落首领，应该带领大家去做更有意义的事。

正方：我认为夸父是一个英雄，是一个勇敢的、有责任担当的人。他明明知道追赶太阳是一件艰苦的事情，还是毅然决然地去做了。虽然他最后死去了，但他的木杖变成桃林，为过往行人解渴，造福了他人。

2 （1）示例：乐观、勇敢、智慧、有自己独到想法；

遇到困难的时候，不要退缩，要运用

智慧、带着积极乐观的心态去面对困难，办法总比困难多。

（2）略（联系生活实际，自由表达即可）

阅读任务三：文学阅读与创意表达

1 示例：

人物名片

姓名：吉尔伽美什

性格特点：智勇过人，有胆有谋，重视友情，冷静执着。

故事：他带领恩基杜一起远征雪松之林，打败魔怪胡姆巴巴；他坚定拒绝美丽多情的女神伊什塔尔，与恩基杜联手打败神牛；他因挚友恩基杜的死亡而痛苦万分；他独自踏上追寻永生的道路，并历经坎坷。

2（1）示例：水、国王的妻子、猎狗等。

（2）示例：（我想对国王说）你乐于助人，看到有老人落了单，亲自送他回去。然而你太贪心啦！竟然想把自己碰到的所有东西都变成金子。金子虽好，但是要通过自己的努力劳动去获得，不能贪得无厌。

（我希望酒神帮我实现的愿望）我想去月球上看看。